Oceani. 47

Rao Pingru a ventiquattro anni, nel 1945

Mao Meitang a diciannove anni, nel 1943

ISBN 978-88-9344-715-7

Prima edizione La nave di Teseo novembre 2018

Rao Pingru
La nostra storia

Traduzione di
Filippo Bernardini

La nave di Teseo

Ogni parola e ogni storia che ho scritto sono vere
e tutte le immagini del passato sono frutto dei miei ricordi.

Sommario

Da bambini ci incontrammo due volte e quei momenti
ci rimasero impressi nella mente, diventando ricordi preziosi.
Ma all'epoca attraversavamo entrambi gli anni innocenti dell'infanzia
e ogni volta che ci vedevamo la trovavamo un po' noiosa.

Capitolo uno
Gioventù

Pingru

Il mio primo ricordo risale a quando avevo otto anni. A casa tutti si preparavano per la mia cerimonia di iniziazione.

La prima cosa importante da fare era scegliere il giorno giusto: una giornata propizia. Quel giorno, la domestica bussò in camera mia verso le tre di mattina per svegliarmi. Dopo essermi lavato e vestito, scesi giù nella sala per accogliere gli ospiti e mi resi conto che i preparativi erano già iniziati. Il quadro di Confucio era stato appeso all'esterno della casa e i miei genitori erano lì con il maestro. Nel silenzio della notte, la luce delle candele rendeva l'atmosfera solenne e regale, e mi sentivo eccitato. Ma ciò che mi rendeva veramente felice erano i quattro tesori sulla scrivania dello studio, ovvero pennello, inchiostro, pietra e carta, completamente nuovi, mai usati. Chiamavo il maestro zio Wang Yin, sua figlia era sposata con mio fratello. Egli all'epoca era il direttore della Corte di Cassazione di Hunan e aveva una bellissima calligrafia. Con la sua mano sopra la mia, mi aiutò a tracciare gli ideogrammi dedicati al grande maestro Confucio. La sua mano premeva con forza sulla mia, facendomi leggermente male, ma non osai fiatare per non rovinare il momento.

Secondo le regole, il pennello usato per la cerimonia e i caratteri tratteggiati venivano poi custoditi con cura. Una volta conclusa la cerimonia, nel salone furono serviti bevande e piatti di carne e pesce, e quando il banchetto terminò mio fratello maggiore mi accompagnò a scuola. Mentre passavamo per i vicoli silenziosi, nel cielo si intravedevano già le prime luci dell'alba e l'aria mattutina era così pura da essere fredda.

"发蒙"的仪式

La cerimonia di iniziazione
L'insegna sul tavolo riporta: "Confucio, il nostro più venerato maestro".

描红时之情景

Io che ripasso i caratteri rossi.

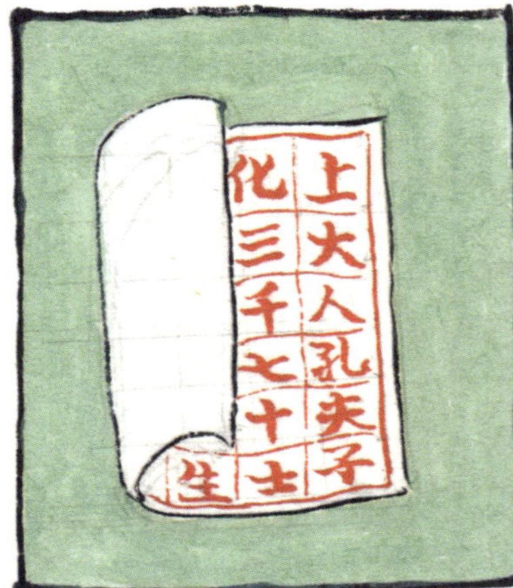

"描红纸"的式样

Il foglio su cui mi esercitavo a scrivere i caratteri.

大哥带我去上小学

Mio fratello maggiore mi accompagna a scuola.

Ciotola di papà

Ciotola di mamma

Ora che avevo iniziato la scuola, a casa avevo l'obbligo di riempire la ciotola di riso a mia madre e a mio padre. Due lezioni ho imparato dai miei genitori e non le ho mai dimenticate: la prima, il rispetto e il valore della cultura e dell'istruzione; la seconda, il rispetto e il valore del cibo. Nel piatto non si poteva lasciare nulla, così come non potevamo far cadere a terra nemmeno un granello di riso. "Il riso è il frutto di un anno di sudore, così come anche la seta pregiata che ti tiene tanto caldo."

Quell'anno, ci trasferimmo tutti a Nanchang. Mio padre faceva l'avvocato e vivevamo in una casa a Chenjiaqiao, non proprio uno dei migliori quartieri della città. Come siamo giunti in quella casa è una storia un po' complicata. Una mia zia, la sorella minore di mio padre, aveva sposato un uomo di famiglia benestante ma che, a sua insaputa, era di costituzione fragile. Dopo un anno di matrimonio, rimase vedova e in attesa di una figlia, mia cugina. Per questo mio padre si impegnò a prendersi cura di lei.

妈妈教我怎样洗脸：『耳朵背，后颈窝。』

我大概在10岁左右开始学习自己洗脸。我顾名思义，把脸洗好，放下毛巾就想走。妈妈不允许，要我把耳朵背、后颈窝这两个部位洗干净才能走。她还教我拧干毛巾的手法：男子应该右手在上，左手在下，顺时针方向；女子则反之。如果男子用女子的手法，别人要笑你的。

女式

男式

NELLA PAGINA ACCANTO

Mamma mi insegna come lavarmi il viso

Credo di aver iniziato a lavarmi verso i dieci anni. Ho iniziato lavandomi per bene la faccia e, senza neanche toccare l'asciugamano, me ne andavo via. Ma mia madre non mi lasciava andare fino a quando non mi ero lavato e asciugato tutto, anche dietro le orecchie e dietro il collo. Mi insegnò anche a strizzare l'asciugamano nel verso giusto: gli uomini devono strizzarlo in senso orario (*figura in basso a destra*), mentre le donne al contrario (*figura in basso a sinistra*).
Al tempo, se un uomo lo strizzava nella "maniera femminile", passava per stupido.

Chenjiaqiao nel ventesimo secolo.

午餐桌上的大家庭

A cena tutti insieme
In senso orario dalla parte centrale in basso
Mia madre, io, mio padre, il cugino di mio padre, mio fratello maggiore, la mia nipotina più giovane, il mio nipote di mezzo, la moglie di mio fratello, il mio nipote più grande, mia nonna, mia sorella maggiore, mio fratello minore.

母亲在晚饭后给我和弟弟讲故事

Dopo cena mia madre raccontava delle fiabe a me e mio fratello minore.

Quando mia cugina aveva cinque anni, nell'anniversario della morte di suo padre, si tenne una cerimonia per invocare le anime dei defunti. Quel giorno una delle domestiche urlò, dando a mia cugina una gomitata: "Eccolo! Guarda! C'è tuo padre!" Lei ne rimase così sconvolta da perdere la ragione. In seguito si sposò ed ebbe dei figli, ma questo non le diede la felicità che sperava. Mia zia, inoltre, aveva prestato ottomila yuan a un lontano parente per investirli in un grosso affare come associata. Non si riuscì mai a sapere se la società fosse fallita: l'unica cosa che so è che lui non riuscì a restituirle i soldi, ma le lasciò la casa di Nanchang a Chenjiaqiao come ipoteca. Ovviamente mia zia non essendo in grado di sostenere le spese della casa la affidò a mio padre. È così che rimanemmo a Nanchang per otto anni.

芦衣顺母

La devozione filiale di Min Ziqian.

Ogni sera, dopo cena, io e mio fratello – i più piccoli della casa – andavamo nella camera da letto di mamma dove lei ci raccontava delle fiabe. Le sue storie erano sempre piene di insegnamenti morali che si tramandavano da secoli, come *La devozione filiale di Min Ziqian* o *La storia della strada lunga sei metri*. Ricordo ancora la sua espressione quando raccontava la storia di Min Ziqian che implora il padre di non ripudiare la madre: "se mamma rimane, morirò di freddo, ma se va via, moriremo tutti e tre di freddo." Mi ricordo anche la sua risata quando ci spiegava la fine della *Storia della strada lunga sei metri*.

La mia famiglia era originaria di Nancheng, nel distretto di Fuzhou, provincia di Jiangxi. La storia di Nancheng risale a tempi antichi, a quando Liu Bang regnava come primo imperatore della dinastia Han e Nancheng apparteneva al distretto di Yuzhang.

上世纪40年代故乡南城的街景

Le vie di Nancheng, negli anni quaranta
Da sinistra a destra, le insegne dei negozi riportano: "Fettuccine Noodles di riso Meiliuli", "Farmacia Yu Shun Shen", "Stoffe Tessuti Dachang", "Riso".

Le mura erano state costruite sulla riva ovest del fiume Xu che attraversava la città vecchia. In ogni punto cardinale c'era una porta attraversata da una strada diversa. Il centro era ben collegato: c'era una strada a nord, una a sud, una a est e una a ovest, la più lunga. Casa nostra si trovava sulla strada a nord. La parte ovest del fiume era già considerata periferia e, una volta oltrepassato il ponte Taiping, la vegetazione e l'attività umana scarseggiavano sempre più.

南城县的地理位置

Cartina geografica della contea di Nancheng
Provincia di Anhui (giallo), provincia di Fujian (grigio), provincia di Guangdong (viola), provincia di Hunan (verde), provincia di Hubei (blu), provincia di Jiangxi (arancione, al centro).

L'acqua del distretto proveniva da fiumi che si diramavano come i nervi di una foglia secca, e intorno sorgevano alte montagne verdi, tra cui i famosi monte Magu e il monte Conggu, celebrati anche in una poesia dell'epoca Song:

Canto il grano maturo e il verde dei monti.
La terra del Sud ci colma gli occhi di lacrime in primavera.
Mamma Xu, in piedi sulle rive del fiume, guarda lontano verso la valle Mayuan.

Secondo questa poesia, il paese era rimasto lo stesso dall'epoca della dinastia Song: i galli affollavano l'aia, i cani abbaiavano, i pescatori remavano cantando e il paesaggio tutto intorno restava immutato generazione dopo generazione.

La valle Mayuan del poema è la più grande del monte Magu, un luogo di culto taoista. Secondo la leggenda, Magu è una *nuxian*, ovvero un essere soprannaturale dalle sembianze di una ragazza di diciotto o diciannove anni, che però durante il corso della sua vita ha visto per tre volte il mare trasformarsi in campi di more e i fondali in sabbia.[1]

Per via di questa leggenda, Mayuan mi è sempre sembrato un posto speciale. Inoltre di fronte alla valle c'erano ettari di terreno molto fertile dove veniva coltivata una varietà di riso chiamata "perle d'argento" o "acqua fredda". Mia madre comprò una porzione di terra e le diede il mio nome.

Io non ci sono mai stato, ma a detta di mio padre, si trattava di poco più di un ettaro. È lì che seppellimmo mio nonno e, quando mia madre morì, fu seppellita proprio alla sua sinistra, ma in una bara più piccola.

Nel 1958 le autorità locali decisero di costruire una diga d'acqua a Mayuan e i campi di more alla fine si tramutarono letteralmente in oceano e le due tombe furono inghiottite dalle acque.

La vita quotidiana degli abitanti di Nancheng è testimone della ricchezza della terra che la caratterizza da sempre e, per l'appunto, mio nonno scrisse una poesia al riguardo:

A Ningzhou mio genero compra il tè, mia zia porta una zucca in testa.
I ragazzi fanno a gara con le barche, di notte, con l'aria fresca.

A Nancheng le stagioni erano ben distinte. I monaci in passato dicevano: "La primavera ha fiori bianchi, l'autunno la luna, l'estate il vento, l'inverno la neve. Se niente preoccupa la tua mente, allora qualunque stagione è la migliore del mondo." I bambini non hanno preoccupazioni e durante le vacanze sono sempre felici. Non importa quale festa sia, la Festa della Luminosità Pura, o la Festa di Inizio Estate, la Festa delle Barche Drago, *Qixi*, ovvero la Festa del Doppio Sette, la Festa di Metà autunno, la Festa del Doppio Nove, c'era sempre molto da mangiare e da bere. Probabilmente questo è il motivo per cui i bambini amano tanto queste festività.

Per *Lixia*, ovvero la Festa di Inizio Estate, c'era una tradizione chiamata "riempire l'estate", secondo il detto "Riempi l'estate, falla bella piena!" L'espressione "riempire l'estate", tipica del dialetto di Nancheng, significa "farsi più forte". Gli adulti dicevano a noi bambini, ridendo: "Oggi bisogna riempire l'estate, perciò mangiate tutto quello che potete. Da domani non mangerete più così!" Dal giorno dopo iniziava a fare sempre più caldo, mangiavamo meno e le pietanze erano più leggere. In questo periodo, un'altra usanza di Nancheng era quella di pesarsi. Ogni anno, a casa nostra si prendeva una grossa bilancia e il vecchio Ao, il cuoco di casa, e l'autista Rong Fa chiamavano noi ragazzini e ci facevano pesare – compresi mio fratello minore, i miei nipoti e me.

Quando finiva l'estate tutti si ripesavano, senza alcuna ragione precisa. O forse perché, se si mangiava poco ma si ingrassava o il peso era rimasto lo stesso, voleva dire che si era malati? Le ragazze, però, come ad esempio mia nipote Yun Qin, non dovevano pesarsi.

Per la Festa delle Barche Drago, secondo gli annali scritti, venivano organizzate gare nautiche con barche a forma di drago sulle rive del fiume presso il ponte Taiping. Dei momenti gioiosi a cui io, purtroppo, non ho mai assistito. L'unico ricordo ben chiaro che ho della Festa delle Barche Drago sono, stranamente, i ravioli in acqua alcalina. A casa, si era soliti mangiarli a colazione e per pranzo si servivano invece gli *zongzi*, con uova e aglio.

Per fare i ravioli in acqua alcalina, bisognava macinare i gambi di riso, aggiungere il riso glutinoso, cuocere il tutto fino a che l'impasto non diventava soffice ma non molliccio e assumeva un colore giallo chiaro. Poi si immergevano i ravioli nello zucchero ed erano pronti. Una prelibatezza. Quando eravamo piccoli, io e la mia amata Meitang eravamo abituati a questi ravioli, ma una volta trasferiti a Shanghai, non riuscimmo più a trovarli e a gustarci il loro sapore. Solo nel 2003 scoprimmo, per puro caso, che da Xing Hua Lou, un locale vicino casa nostra, vendevano questi ravioli. E così io e Meitang ne assaggiammo alcuni. In realtà, però, di alcalino avevano ben poco e il sapore e la consistenza non erano quelli a cui eravamo abituati da piccoli.

Per la Festa di Metà Autunno, allestivamo fuori nel cortile una tavola con tovaglia rossa, addobbata con candele, incensi, e frutta. Immancabili erano ovviamente le tortine di luna. Quelle tradizionali di Nancheng erano sottili, un po' piatte e grandi come una ciotola di riso, se non di più. Le tortine erano ripiene di zucchero candito, altri canditi rossi e verdi e in più noci e semi di zucca.

NELLA PAGINA ACCANTO

Prelibatezze che si mangiavano a Nancheng negli anni trenta e quaranta.

Ravioli in acqua alcalina

Si preparavano scegliendo accuratamente il riso a cui si aggiungeva l'acqua alcalina (i gambi di riso venivano macinati a crudo, fino a renderli polvere).
Si cuocevano fino a che non erano soffici, ma non mollicci, e assumevano un colore giallo chiaro. Avevano un odore molto buono ed erano squisiti accompagnati con zucchero di canna grezzo.

Zuppa densa di noodles

Si preparavano i noodles con riso pregiato. Alla zuppa si aggiungevano poi carne, verdure e fagioli neri. Una bontà! Come voleva la tradizione culinaria, in una semplice ciotola per zuppa si mettevano i noodles sopra i quali si versava poi la zuppa calda e si aggiungevano cipolla e zenzero. Si mangiava e si riprendeva più volte fino a quando non si era completamente sazi.

上世纪三四十年代故乡南城的『美食』

碱水粽子

用精选之糯米加『碱水』（据说以稻草灰为原料，未知其详）制作。体积稍大扎得紧，煮得烂，呈金黄色，食时清香扑鼻，佐以红糖，口感极佳。

汤粉

用上等粳米制成粉条，极细嫩，汤有荤（精肉）、素（豆豉）之分，均极鲜美。传统食法，用普通扁平菜碗，内盛烫热之米粉一两左右，加入相当比例的汤，再加葱姜末，吃毕再来一碗。青壮年一顿吃五六碗乃是常事。堂倌（服务员也）只数碗便可算出费用。

此种吃法与大碗汤粉之口味确有不同，可惜现在已经消失。二〇一〇年曾去南城，此法失传了。

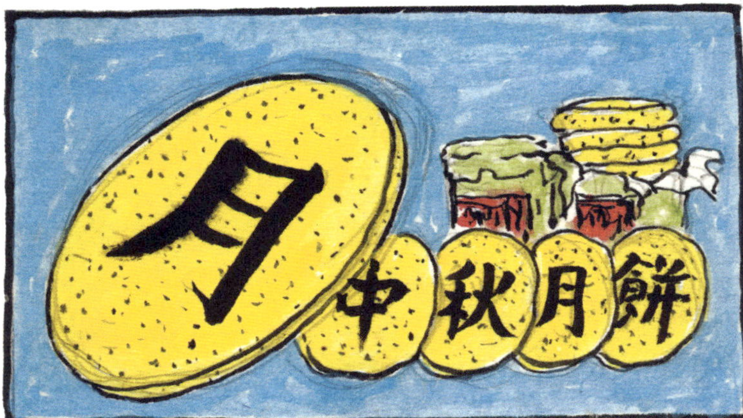

幼时在江西所吃的月餅

Le tortine di luna di Jiangxi che mangiavo da piccolo.

Fuori erano ricoperte da semi di sesamo bianchi e neri che disegnavano la luna, ma se le torte erano abbastanza grandi il disegno veniva accompagnato anche da scritte. Dolci ma dure, queste tortine avevano un sapore particolare.

La Festa di Primavera, chiamata anche semplicemente Capodanno cinese, era quella preferita dai bambini. I preparativi a casa iniziavano addirittura un mese prima. Si compravano pesce e carne per metterli poi in salamoia, ma oltre a preparare da mangiare e a pulire la casa, c'era un'altra cosa importante da fare, ovvero cucire nuovi vestiti a tutti i parenti. Io e mio fratello minore ricevevamo un *chang pao*, una lunga tunica di seta che poteva essere di colore blu o verde scuro.

La sera del ventitreesimo giorno del dodicesimo mese lunare era tradizione accendere incensi e candele e il nonno accompagnava me e i miei fratelli di fronte al dio del focolare per rendergli omaggio. Lì, poi, accendevamo i fuochi d'artificio e gettavamo un po' di paglia di riso unita a chicchi di miglio. Tutto questo perché si dice che il dio del focolare si prenda cura della cucina tutto l'anno, osservi i nostri comportamenti e quando arriva questo giorno riparta a cavallo verso la sala celeste per fare un resoconto all'Imperatore di Giada di tutto ciò che è successo in famiglia. La paglia di riso e il miglio sono, per l'appunto, il cibo destinato al cavallo. La cerimonia era solenne: mentre lanciavano la paglia e il miglio, gli adulti cantavano gridando "Ah... lulululu..." per chiamare il cavallo a mangiare prima di rimettersi in viaggio.

Tra le offerte al dio del focolare c'era anche il caramello, un prodotto tipico della nostra regione, che non doveva assolutamente mancare. Esso veniva fatto con il riso ed era dolce e appiccicoso. La leggenda narra che non appena il dio del focolare lo mangiava, la sua bocca diventava così dolce che, una volta di fronte all'imperatore, diceva solo cose buone e positive. Tuttavia, temendo che il dio si dimenticasse di ciò, appendevamo per la stanza dei *duanlian*, ovvero distici scritti su tela, che recitavano più o meno così:

Parla bene di noi lassù,
così da farci stare bene quaggiù.

Nel ventiquattresimo giorno, detto "il Piccolo Anno", ogni famiglia celebrava gli antenati offrendo piatti di carne e verdure. Trascorse le due settimane di intenso lavoro, periodo chiamato anche "anno laborioso", tutti i preparativi erano completati e potevamo finalmente goderci le pietanze e i festeggiamenti. E poi ovviamente, questo momento dell'anno era il più gioioso per i bambini: la deliziosa attesa di una festa imminente ma non ancora arrivata. Come di consuetudine, in questo giorno, tutti noi piccoli avevamo diritto a una ciotola di noodles bianchi con polpette di carne bollite. I noodles e le polpette vengono messi in acqua bollente e fatti cuocere di più o di meno, a seconda di come si preferisce la carne. Una ricetta facile ma buonissima. Questo piatto è uno dei ricordi più vivi della mia infanzia.

È importante dire che, durante gli anni vissuti a Nanchang, la maggior parte delle persone festeggiava Capodanno il trentesimo giorno, mentre da mia nonna si festeggiava il ventisettesimo. A quanto sembra, infatti, mio nonno Yang Yichen non era originario di Nanchang, i suoi genitori venivano dalla provincia di Guangxi, e per questo motivo non avevamo un altare degli antenati a Nanchang. Probabilmente era una tradizione di Guangxi quella di festeggiarlo il ventisette, ma per quanto riguardava noi bambini, festeggiare due volte il Capodanno era solo una gioia.

La mattina del ventisette mia mamma, mio fratello e io indossavamo i vestiti nuovi e chiamavamo due risciò – uno era guidato da Lao Yu, e l'altro da un suo conoscente che lo aiutava. La casa della nonna era situata al numero 8 di Strada dell'Accademia di Nanchang, una volta residenza di un cancelliere. Mia nonna possedeva solo un terzo della casa, che però era già tanto. Occupava la stanza situata a est della sala grande. Dopo aver salutato la nonna, mamma ci dava la mancia come è d'abitudine in questo giorno. Erano solo tre monete d'argento ma erano sufficienti a renderci felici. Io e mio fratello andavamo in camera di nostro fratello maggiore a leggere la rivista "Il piccolo amico" oppure a giocare in giardino – ad esempio, uno dei nostri giochi preferiti era raccogliere dell'erba, dei bastoncini di legno, spezzarli e costruire una casetta per poi farci entrare una statuina di cavallo in ceramica. A volte mamma ci chiamava per andare a mangiare e, tra un pasto e l'altro, ritornavamo a giocare.

La sera del ventisette c'era il cenone di Capodanno. Nonna non si univa mai a noi a tavola; si ritirava nella sua stanza con piatti diversi solo per lei. Zio, zia, mia mamma e tutti noi altri cenavamo, invece, intorno a un tavolo rotondo nella stanza dietro la sala grande. Una volta, un mio zio prese un pezzo di carne brasato con la salsa di soia e me lo mise nella ciotola, dicendo: "Ecco, Pingru, tante cose buone!" citando così il poeta Li Bai:[2] "La calda primavera mi mostra la nebbia e i paesaggi, e la natura mi ispira con tante cose buone." Le cose buone di cui parlava mio zio era la carne con la salsa di soia. Dopo aver finito di mangiare queste "tante cose buone", mia zia si alzò per prendere i *fensi*, dei noodles di fecola, che poi mise nel mio piatto dicendo: "Prendi, Pingru, e speriamo che con l'anno nuovo potrai venire a trovarci più spesso!"

Finita la cena, tutti si recavano nella sala grande per rendere omaggio agli antenati e scambiarsi gli auguri di buon anno. Si accendevano le lanterne in tutte le stanze: la sala grande brillava più di tutte e un profumo di incenso aleggiava nell'aria. C'erano candele accese di fronte alle tavolette degli antenati e ai dipinti di famiglia. Le zie, gli zii, i miei cugini erano tutti ammassati lì dentro, vestiti di tutto punto. Oltre alle tre offerte, sul tavolo c'era anche una pentola dentro cui bolliva il riso rosso e sopra era sistemata una bilancia. Inoltre c'erano longan e datteri ripieni di arachidi.

La cerimonia finalmente iniziava con un *gong* e i petardi che rimbombavano per tutta la casa. Da quel che ricordo, tutti i capodanni passati dalla nonna finivano sempre con i fuochi d'artificio e tanta felicità.

E poi ecco che calava la notte. Mio padre era incaricato di scrivere i *chuanlian*, o distici di Primavera, che poi appendevamo la mattina seguente. Lui amava scrivere all'ingresso i nomi delle due Divinità della Porta, Shentu e Fu Lei. Questi due nomi scritti lì bastavano per scacciare i demoni e purificare la casa. Sulla porta centrale invece venivano esposti questi versi:

Per tutta la sua vita, Zhu Ge un uomo cauto fu,
e Lu Duan, per quel che gli pareva, stupido non era.

Infine, sulla porta all'interno, era appesa la poesia preferita di mio padre:

Con il passare degli anni, il tempo alla gente porta longevità.
E l'anno nuovo porta in famiglia la felicità.

E così, man mano che entravano in casa, tutti i personaggi storici e le divinità del cielo vedevano le cose belle e gioiose che questa famiglia aveva fatto.

Per la cena del primo, ci riunivamo tutti intorno a un grosso tavolo. A capotavola sedeva mia nonna paterna e poi, in senso orario, mia sorella maggiore, mamma, io, mio fratello, mio padre, i miei nipoti Qing Ceng e Shao Ceng, mia cognata, mia nipote Yun Qin e mio fratello più grande. Da mangiare c'erano soprattutto pesce e carne, ma il mio piatto preferito erano le polpette di carne con tapioca. La ricetta è abbastanza semplice: si mescola la carne trita con la tapioca, si aggiungono delle spezie e si modella l'impasto con le mani per appiattirlo e dargli la forma di una moneta. Quindi si cuociono le polpette in un cestello a vapore e si servono portando il cestello a tavola. A me piacevano belle saporite e un po' croccanti, per niente unte.

NELLA PAGINA ACCANTO
L'"anatra fritta" Le tradizioni culinarie di Nancheng non sono così difficili, le preparazioni sono semplici e gli ingredienti si possono trovare ovunque. Un esempio è l'"anatra fritta", piatto composto da uno strato di pasta chiamato *fenpi*, tipico di Nancheng, fatta di fagioli e riso, la cui consistenza è simile a una gelatina. Sullo strato veniva aggiunta della fecola di patate e poi si arrotolava. Dopo aver cotto tutto, veniva tagliata in piccoli tranci, poi si aggiungevano delle spezie oppure dei *douchi*, fagioli neri fermentati, e si rimetteva a cuocere. Era un piatto profumato, gustoso, che non ungeva neanche le mani. Un piatto che piace molto ai vegetariani e per le feste non poteva mancare.

Le polpette di carne con tapioca La ricetta è abbastanza semplice: si mescola la carne trita con la tapioca, si aggiungono delle spezie e si modella l'impasto con le mani per appiattirlo e dargli la forma di una moneta. Quindi si cuociono le polpette in un cestello vapore e si servono portando il cestello a tavola. A me piacevano belle saporite e un po' croccanti, per niente unte.

虎皮鸭子

南城古风尚存，食品原料简朴，烧制时也并不复杂。所谓「虎皮鸭子」者，系用粉皮作外层，内层铺以薯粉，蒸熟后切成条状物，再加些调料如豆豉之类烧煮而成。但吃时别有风味，毫无油腻之感，素食者多喜食之，此菜可以上酒席，其品位可以想见矣。

薯粉肉丸

原料非常简单，用猪肉末加上薯粉，揉捏成小圆球状，再压扁，上蒸笼蒸熟，趁热吃，味道又鲜又糯，有嚼劲。我家平常不吃，只在吃年夜饭时才做，等于是菜后的点心。有一年，吃了一笼又一笼，大家争着吃。由于此物有粘性，用筷子须用力箝才能到嘴，定姐的筷子插到蒸笼的竹格子中间，她未发觉，用力一撬，把筷子都弄断了一根，此乃七十八年前的事，至今仍在脑中留存。唉！光阴似箭啊！

平凡 二〇一二.六.十六

Quando veniva servito questo piatto, gli adulti si erano già alzati per andarsi a sdraiare e a chiacchierare così a tavola rimanevamo solo noi. Dopo averle cotte, le polpette di tapioca risultavano un po' appiccicose e molto difficili da staccare dal cestello. Mia sorella era tanto astuta quanto lesta con le mani e non faceva in tempo a prenderne una che già la stava masticando. Una volta, però, prese una polpetta e cercò di staccarla dal cestello con così tanta forza che a un tratto si sentì un *crac*. Aveva spezzato la bacchetta che aveva infilato in un foro del cestello a vapore e non ci fu altro da fare che aspettare che venisse portato un altro cestello.

Anni dopo, a Shanghai, raccontai a mia moglie di queste polpette alla tapioca e scoprii che anche a lei piacevano molto. Quindi decidemmo di comprare tutti gli ingredienti necessari per provare a farle. Nonostante nessuno dei due fosse bravo in cucina, le polpette sembravano belle come quelle che si trovano nei ristoranti, ma non altrettanto buone.

A noi bambini, di solito, non era permesso giocare a carte e a domino, ma a Capodanno ci era concesso. La cosa che ci eccitava di più, però, era che mio padre teneva il banco. Finito di mangiare, mia sorella ordinava ai domestici di sparecchiare e di pulire subito, e una volta che tutto era sistemato, andava nello studio a chiamare papà: "Siamo pronti! Vieni a giocare a carte con noi!" Papà allora usciva dalla stanza, sorridendo. Si metteva seduto al centro, visto che era lui a dare le carte. Mio fratello e mia cognata sedevano alla sua destra, così come anche nonna. Mia sorella era quella che teneva e giocava le tessere da quella parte. A sinistra invece c'eravamo mia mamma, mio fratello e io, che avevo in mano le tessere. Poi, mio padre tirava fuori le venti monete d'argento che aveva messo da parte e le metteva sul tavolo di fronte a sé insieme a qualche centesimo in più; sembrava essere una grossa somma. Proprio come due soci alleati, io e mio fratello più piccolo tiravamo fuori, da un pacchetto

欢乐的除夕之夜

Festeggiamenti durante la prima notte di Capodanno

Tra i presenti c'erano mio fratello maggiore, mia cognata, mia nonna, mio fratello minore, io, zio Yu Zhong, mia sorella Ding, l'anziano Ao.

故乡南城民众过年时必备之菜
——"小炒"和"骨子"

Piatti tipici a Nancheng per Capodanno

A sinistra Patatine sottili (*xisochao*). *A destra* Ossicini (*guxi*).

di sigarette di latta, le monete d'argento che mamma ci aveva dato come regalino per l'ultimo dell'anno. Per attirare la fortuna verso di noi, avevamo scritto "bussolotto" a caratteri grandi sul pacchetto.

Tutta la servitù si affollava intorno a noi per godersi lo spettacolo: il segretario di mio padre (Yu Zhongyang, o zio Yu Zhong, come lo chiamavamo noi), il cuoco, il conduttore del nostro risciò, tre domestiche e la balia assunta da mia cognata. Erano venuti tutti a giocare e se ne stavano dietro, in piedi, a tentare la sorte con qualche spicciolo. Mia sorella era un tipo sveglio, molto brava a giocare, e i domestici si mettevano sempre dietro di lei sperando di vincere. Il momento più divertente era quando il banchiere, ovvero mio padre, perdeva. Tutti si mettevano a ridere a gran voce, così come mio padre, che nel frattempo spartiva la sua perdita. Ogni volta che qualcuno vinceva ma si dimenticava di riscuotere la somma, tutti si alzavano in preda all'eccitazione e facevano a gara per afferrare i soldi. Si vedeva poi l'anziana signora Li che usciva dalla sua camera frettolosamente per venire a lanciare una puntata e poi si assentava di nuovo per sbrigare le sue faccende. Tutti gli altri guardavano con attenzione mio padre che sistemava di nuovo le trenta tessere del domino sul tavolo e, mentre rilanciava il dado, cominciavano a gridare "sei" oppure "cinque". A volte il dado tirava un bello scherzo e continuava a girare come una ballerina in punta di piedi, senza mai fermarsi. Con il fiato sospeso, gli occhi erano tutti puntati sul dado che continuava a girare fino a quando la gravità non aveva la meglio e si fermava sul tavolo mostrando la cifra sorteggiata.

Papà perdeva sempre: le volte che vinceva, continuava a giocare fino a quando non rimaneva senza un centesimo. Se perdeva troppo presto, allora tirava fuori altre dieci o venti monete d'argento fino a che non perdeva tutto. Non ho mai prestato molta attenzione a chi vincesse. L'unica cosa che sapevo era che il mio bussolotto era sempre in perdita.

Qualche giorno prima di Capodanno, a casa si cucinavano piatti vegetariani in gran quantità. Uno si chiamava *xiao chao* e veniva preparato tagliando il bambù a julienne e facendolo poi saltare in padella insieme al tofu. Un altro piatto era il *guzi*, ovvero "ossicini", ma non aveva niente a che fare con le ossa di carne: si trattava, invece, di tofu tagliato a cubetti con bambù saltato in padella. Il primo dell'anno non mangiavamo mai né carne né pesce. Non che lo facessimo per dimagrire, ma piuttosto perché mangiare le verdure il primo dell'anno era un po' come promettere di mangiarle tutto l'anno. Tuttavia questi due piatti erano molto buoni e quando li menzionai a Meitang, scoprii che anche lei li conosceva e il suo preferito era il *xiao chao*.

La mattina del primo dell'anno, tutta la famiglia rendeva omaggio agli antenati. Con un bastoncino d'incenso in mano, ci mettevamo in fila indiana: mio padre per primo, seguito da mio fratello più grande, da me, dall'altro mio fratello e poi tutti gli altri. Partendo dal salone camminavamo verso l'ingresso, e con l'incenso in mano, ci inchinavamo in tutte e quattro le direzioni. Chiamavamo questo rito "fare il viaggio". Poi mettevamo per terra i bastoncini d'incenso, a ogni angolo della stanza. Gli uomini erano chiamati a uscire perché il rituale era una preghiera rivolta alle divinità dei quattro punti cardinali per ottenere protezione durante i viaggi in carrozza o in nave. Quando molti anni dopo mi arruolai nell'esercito, il fato mi spedì in ogni punto del paese ma mai nel mio paese natale, dove tornai solamente dopo una decina d'anni, quando la casa a Yisongshan era stata ormai distrutta dalla guerra. A volte ricordo ancora il fumo dell'incenso, così leggero, che sale in spirali profumate, e mi coglie la nostalgia per quei tempi felici in famiglia.

Nel 1938, per la Festa delle Lanterne, decisi di fare una lanterna a forma di leone per partecipare alla processione in paese.

母亲和我们一起扎狮子灯

Prepariamo la lanterna con mia madre.

A Nancheng, la Festa delle Lanterne iniziava di solito il tredicesimo giorno del primo mese lunare. Per l'occasione, gli abitanti della campagna si recavano in città portando ognuno una lanterna a forma di drago e sfilando in processione di casa in casa con accompagnamento di musica e danze. Di fronte all'ingresso delle loro case, i cittadini accendevano i fuochi d'artificio per accogliere le lanterne. Poi davano un'offerta, di solito in una busta rossa.

Quell'anno andai a comprare del fil di ferro, della carta colorata e delle stecche di bambù che poi tagliavo in piccoli pezzi. Usando la mia immaginazione, presi i pezzi di bambù e li misi insieme per formare la testa e il corpo del leone, sostenuti all'interno da un gambo di bambù che mi permetteva di muovere la mia lanterna. Per gli occhi usai due lampadine, la cui batteria era posizionata all'interno della testa. Chi era al comando della testa del leone doveva sostenere con una mano la lampada e con l'altra far toccare i due fili di rame affinché le palpebre del leone sbattessero. Per quei tempi, altro che tecnologia!

Appiccicammo prima della carta bianca sulla lanterna, poi dei pezzi di carta verde a simboleggiare il manto del leone. Sin dalla mattina presto fino alle cinque del pomeriggio ero occupato a dare ordini a mio fratello minore, mio nipote Qing Ceng, i miei cugini Rongzi e Xili, ma erano troppo piccoli e poco efficienti. Si stava facendo buio e il leone era ancora mezzo nudo, senza la sua peluria verde. Proprio mentre ero preso dall'ansia, mamma entrò in camera perché era pronta la cena e vedendo la situazione, si fermò ad aiutarci.

母亲替我剪兰花

Mia madre disegna delle orchidee per me. Il testo sulla sagoma delle orchidee dice: "Il profumo degli imperatori".

NELLA PAGINA ACCANTO

In alto Nonno Rao Zhixiang. Nato a Nancheng (1864-1914). Nel ventesimo anno dell'era dell'imperatore Guangxu passò gli esami imperiali, diventando così membro dell'accademia imperiale di Hanlin dove ricoprì il ruolo di redattore degli annali storici, poi censore della provincia di Sichuan e infine capo esaminatore per la provincia di Hubei, ruolo che però rifiutò. Morì a quarantanove anni. Non l'ho mai conosciuto, ma ne sentii parlare quando ero piccolo dai miei familiari che lo avevano incontrato, e ho usato quei racconti come base per il disegno qui a fianco.

In basso Nonna Zhang. Nata a Nancheng, morì a settantatré anni. Durante gli esami imperiali, all'epoca anche la moglie del candidato riceveva automaticamente il titolo e tutti i privilegi. Visto che mio nonno era al terzo grado nella scala dei titoli imperiali, a lei fu assegnato dalla corte imperiale il titolo di "donna leggiadra" (c'erano sette titoli e gradi: il primo era *furen*, "signora"; il quinto era *scuren*, "illustrissima"...; il settimo era *ruren*, "madre"). Il vestito da cerimonia rappresentato nel disegno qui di fianco veniva donato dalla corte imperiale ed è qualcosa che mia nonna conservò come un tesoro prezioso per tutta la sua vita. Nel caso di una cerimonia, una festa o un incontro importante presso la corte imperiale, tutte le donne appartenenti a un grado superiore al quinto erano tenute a indossare questa tunica. Da quel che ricordo, ho visto nonna indossare questo abito solo una volta. Ci trovavamo a Nanchang per la cena in onore del suo sessantesimo compleanno. C'erano molti invitati e la sala era tutta addobbata di luci. Lei indossava il *fengguan*, un cappello a forma di fenice riportato qui di fianco nel disegno. In quell'occasione scattammo anche una fotografia tutti insieme. La tunica era di colore blu, ricamata con motivi in oro e argento. Quando una volta, per pura curiosità, la toccai, la stoffa mi sembrò spessa e pesante. Senza dubbio quella tunica emanava autorità, ma non doveva essere comoda da indossare.

祖父饒芝祥，字符九，江西南城人（一八六四～一九一二）。光绪三十年（一九〇四）中三甲第三名進士，点翰林，官翰林院编修，四川道监察御史、湖北省主考（未赴任），享年四十九歲。我没有見过他，此像是我根據幼年祭祖時所看到他的遺容，重新回憶而畫的。

祖母張氏，江西南城人，享年七十三歲。科举时代講究的是『夫榮妻貴』、『封妻蔭子』。由于我祖父官居三品，所以她被朝廷封为『淑人』（一品称『夫人』、……五品称『恭人』、……七品称『孺人』）。這身『朝服』乃朝廷所赐，也是她畢生引以为荣的珍宝。朝廷中遇有喜事或庆典，一般召集五品以上官员带眷属前往宫中庆贺赐宴，都必須穿着朝服。我只看見过一次祖母穿這件衣服，那是在南昌，父亲为她举办六十寿诞，大宴宾客，悬灯（花灯）结彩，她頭戴凤冠，身穿朝服，与我们全家拍照。她的朝服为深蓝色，绣有金银线的各种花纹图案。我好奇地摸了摸，又厚又重，穿上去雖有荣譽感但未必舒服。

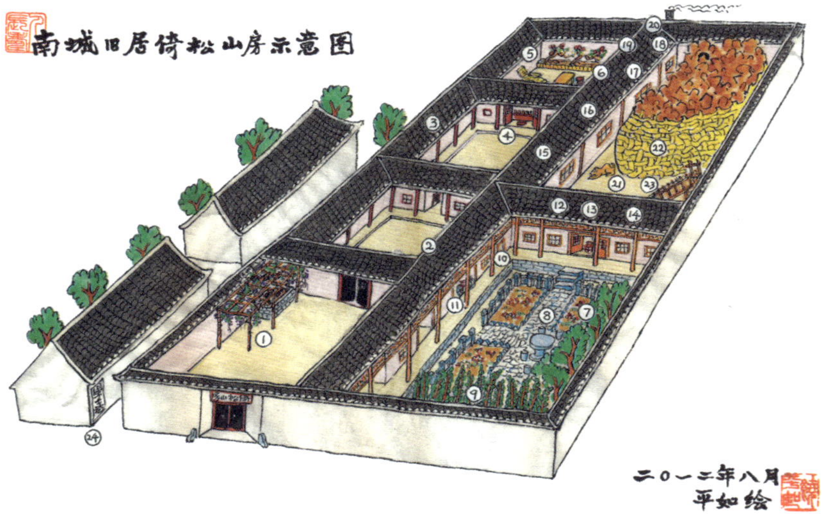

Mappa della nostra residenza a Yisongshan

1. La vite. **2.** La camera da letto di mia nonna. **3.** L'appartamento di mia zia e della sua famiglia. **4.** La sala delle cerimonie. **5.** La stanza dove mio padre si riposava. **6.** La libreria di mio padre. **7.** Il giardino. **8.** Un tavolino e uno sgabello di marmo. **9.** L'ibisco (dopo che l'ibisco appassì, lo mangiammo fritto, un piatto che a mia nonna piaceva molto). **10.** La stanza in cui mi esercitavo con la calligrafia. **11.** Un piccolo atrio (dove di solito parcheggiavamo le bici). **12.** La stanza da letto di mia madre. **13.** Il salotto. **14.** La stanza dove mio padre riceveva gli ospiti. **15.** La libreria. **16.** La camera da letto (e anche studio) mia e di mio fratello. **17.** La sala per la venerazione di Buddha. **18.** La sala da pranzo. **19.** L'ufficio di mio padre. **20.** La cucina. **21.** Il nostro cagnolino You Mo. (Quando ci rifugiammo nel Guangchang per la guerra, lui rimase giorno e notte a casa ad aspettare. Il giorno in cui le truppe giapponesi irruppero nella casa, You Mo cominciò ad abbaiare e loro lo uccisero con un colpo di pistola.) **22.** Il rifugio bunker. (Per sfuggire ai bombardamenti dei giapponesi ci costruimmo questo rifugio antiaereo. La struttura era tutta fatta di canne di bambù e poi, all'esterno, era ricoperta di fango e terriccio. All'interno avevamo sistemato una lunga panchina.) **23.** Il carro cisterna (l'unico modo per avere l'acqua all'interno del bunker). **24.** Una strada senza nome all'esterno delle mura. (Dopo che mio nonno andò all'accademia imperiale, la strada fu soprannominata "il vicolo degli scolari".)

Mamma aveva molta manualità e, ogni volta che mi trovavo in un guaio, lei era sempre lì ad aiutarmi. Mi ricordo ancora quando, frequentavo la quarta, mi ero dimenticato di fare un compito d'arte a casa che doveva essere consegnato il pomeriggio. Fu un attimo di panico per me, ma mamma esaminò bene la situazione e andò a prendermi un foglio di carta rosso e cominciò a tagliuzzarlo, con un paio di forbici che facevano zigzag qua e là come un treno. Ciò che ne uscì fu un'orchidea e lei mi disse: "L'orchidea è il profumo degli imperatori, puoi intitolare il disegno in questo modo."

Grazie al suo aiuto, riuscii a terminare la lanterna del leone. Cenammo velocemente e si fecero già le sei. Assegnai alla svelta i vari compiti: a mio fratello piccolo, sveglio e attento, toccò il compito più importante, ovvero reggere la testa del leone; mio cugino Xili sosteneva il corpo visto che era alto quanto mio fratello e avevano anche la stessa età. Qing Ceng e Rongzi, brandendo ciascuno una bacchetta di bambù, camminavano per primi davanti al leone per fare strada. Io, invece, li seguivo nascosto tra la folla, per gustarmi lo spettacolo.

Alle sette si stava già facendo buio e il cielo notturno era chiaro. Tutti i negozi della Strada Ovest brillavano di luci colorate, tutte le vie erano piene di gente con solo un piccolo spazio per far passare la folla. Il rumore dei tamburi e lo scoppiettio dei fuochi d'artificio si faceva sempre più vicino e si vedevano già i portatori di lanterne sfilare in fila indiana. Mi feci largo tra la folla, mi guardai intorno e vidi lanterne a forma di drago, di cavallo, di fiori di loto e solo alla fine arrivò l'unica lanterna a forma di leone di quell'anno. Qing Ceng e Rongzi aprivano la scena agitando le bacchette di bambù, si vedevano gli occhi del leone a intermittenza, e mio fratello riuscì a fare un ottimo lavoro.

日机轰炸南昌

I giapponesi bombardano Nanchang.

Seguii con lo sguardo la mia lanterna. Una volta imboccata la Strada Nord, si vedevano sempre meno luci e la gente cominciava ad andarsene. Entrammo poi nei negozi per mostrare la lanterna e dare spettacolo, facendo gli auguri di buon auspicio e prosperità. Secondo gli usi dell'epoca, i negozianti che ci facevano entrare dovevano fare un'offerta. Alla fine quello che ricevemmo non furono banconote o monete, ma solo qualche candela. E io che avevo speso soldi per il fil di ferro, la carta, le lampadine! Tutto perduto.

Quell'anno anche noi ricevemmo a casa dei visitatori con le lanterne di drago, seguiti da danzatori e suonatori di tamburo. Il dragone avanzò ondeggiando nella sala invasa dal fumo dei fuochi d'artificio e le ombre dei presenti oscillavano a seconda della luce della lanterna. Assaporai quei bei momenti, l'odore del fumo, sapendo che sarebbe finito presto. Dopo un caloroso applauso, i miei parenti distribuirono le buste con le offerte agli ospiti e il dragone andò a far visita ad altre abitazioni.

Avevo otto anni quando ci trasferimmo a Nanchang. La guerra contro il Giappone scoppiò quando ne avevo sedici e la città fu bombardata. Non potevamo più rimanere lì, e per scampare alla guerra ritornammo a Nancheng dove mi iscrissi alla scuola superiore Xinyuan.

La casa nel quartiere di Yisongshan era quella che aveva comprato mio nonno, Rao Zhixiang. Durante la dinastia Guangxi aveva passato con lode gli esami ed era stato nominato scrivano all'accademia di Hanlin. Non l'ho mai conosciuto, ma sono stato molte volte nel suo studio e spesso ascoltavo papà che raccontava di quando, da piccolo, aveva tanto da studiare. Nello studio era appesa una calligrafia – un quadro con caratteri cinesi – ma non riuscivo a capire cosa ci fosse scritto. Capivo solo la firma: Mifei Yangyang. La cornice di seta su cui era stato inserito aveva assunto con il tempo un colore scuro come la salsa di soia, facendomi una strana impressione.

D'estate, ogni anno, mio padre prendeva i quadri appesi nello studio e li metteva fuori all'aria aperta, sempre con attenzione e dedizione. Quando partimmo per Nancheng, dovemmo lasciare molte cose in casa, ma i libri erano la preoccupazione maggiore di mio padre, che ne scelse alcuni dell'epoca Song o Yuan. Quando faceva molto caldo, si mettevano in cortile libri e litografie – incisioni fatte con pietra – ad asciugare su alcuni tavoli in cortile. L'unica cosa che noi bambini sapevamo era che i libri erano una delle cose belle al mondo. Anche le litografie erano belle, ma esse andavano sviluppate molte volte affinché si vedessero i caratteri bianchi sul fondo nero, come la litografia di Yue Fei che rivelava alla luce del sole la frase: "Ridateci le nostre terre."

A Nancheng c'erano due ponti vecchi, uno di fronte all'altro, il Ponte dell'eternità e il Ponte della pace. Quest'ultimo era il più vicino alla nostra casa, a Yisongshan, e la vista migliore del paesaggio dal ponte era al tramonto. Quando alla sera, invece, il vento soffiava forte sul fiume io e i miei compagni di scuola andavamo lì a goderci l'aria fresca, a chiacchierare e a cantare qualche canzone. Mio nonno aveva scritto un'altra poesia, riguardo a questo paesaggio:

Sotto il Ponte della pace fluttuano momenti di vita,
In cima al monte Dafu il sole non scende.
Una nebbia dorata compare tra gli alberi e la riva,
Le stelle illuminano il continente.

Un giorno, quando avevo sedici anni, ero sul Ponte della pace ad assaporare l'aria fresca, come facevo sempre a quei tempi. Ad un tratto alzai lo sguardo e vidi la luce del tramonto cambiare, e il monte Gu diventò di un color cremisi meraviglioso. Poi abbassai lo sguardo verso l'angolo del ponte simile alla prua di una nave che spacca l'acqua del fiume in due, creando un vortice, per poi continuare il suo tragitto. Guardavo lo spettacolo meravigliato e pensai, in quel momento del giorno piuttosto scuro, alla natura e ai frutti che ci dona. So che questo è uno dei ricordi banali e comuni che uno ha dell'infanzia, ma lo custodirò sempre nella mia memoria.

Nell'estate del 2008, dopo la morte di Meitang, tornai a Nancheng proprio per andare sul Ponte della pace. Il parapetto era stato cementato e la strada asfaltata. All'epoca, nella zona vicino alla porta Est, all'estremità del ponte, si trovava una casa da tè piuttosto grande, e lì intorno giravano molti mercanti, facchini, portatori di borse, autisti, figure che oggi non sono più là. Ma quando alzai lo sguardo, notai che la forma del monte Gu non era cambiata, era la stessa che ricordavo quando ero piccolo. Anche il pontile in basso era rimasto lo stesso di allora, così come le acque del fiume Xu con i loro soliti piccoli mulinelli e gorgoglii. Sentii il mio cuore rilassarsi nel vedere tutto ciò. Le montagne erano immobili, le acque turbinose, la luna riflessa nel fiume come sempre, la galassia ancora lucente: era come se lo scopo della loro esistenza fosse indicare il contrasto con la fugacità della vita umana.

Meitang

Io e Meitang ci conoscevamo di vista perché le nostre famiglie erano amiche da tanto, ma non avevamo avuto molto tempo per parlare. La sua storia, però, la conosco perché qualche anno dopo me la raccontò.

Da bambini ci incontrammo due volte e quei momenti ci rimasero impressi nella mente, diventando ricordi preziosi. Ma all'epoca attraversavamo entrambi gli anni innocenti dell'infanzia e ogni volta che ci vedevamo la trovavamo un po' noiosa.

Il primo incontro avvenne poco dopo che Meitang e la sua famiglia si erano trasferiti nel quartiere per stranieri di Hankou. Si erano recati a Nancheng per fare visita a dei parenti e sulla via del ritorno passarono a trovarci a Nanchang. Mi ricordo di aver preso un giocattolo nuovo e di avergielo mostrato per poterci giocare insieme. Meitang aveva dieci anni.

Quando ci trasferimmo da Nanchang a Nancheng, la famiglia di Meitang venne una volta a cena. Quella sera tuttavia io cenai prima perché dovevo andare al tempio della famiglia Xie che si trovava a circa tre chilometri di distanza, in piena campagna, e l'aria lì era piacevolmente fresca. In quei giorni capitava spesso che non dormissi a casa e mi incontrassi con qualche mio amichetto lì per chiacchierare e goderci le serate estive. Camminavo per circa mezz'ora e, visto che le strade della campagna non erano illuminate, portavo con me una torcia. Non appena attraversai l'atrio, vidi Meitang. Era così piccola, sia di età che di statura, che per farla arrivare al tavolo e riuscire a cenare, qualcuno le aveva messo uno sgabello sulla sedia. In seguito Meitang mi disse che si ricordava di me: "Mi ricordo che giocavi con quella torcia, illuminando ovunque." Aveva solo tredici anni.

我拿出新买的玩具给美棠玩

Mostro a Meitang il nuovo giocattolo che ho comprato.

我的新玩具

Il mio nuovo giocattolo: esterno (*in alto*) e interno (*in basso*).

E così le domandai se avesse mai pensato che io e lei ci saremmo fidanzati e poi sposati. Mi raccontò che suo cugino Yi Sun continuava a dirle: "Sposa Pingru! È affascinante e ha degli occhi bellissimi."

Le nostre due famiglie si conoscevano bene da tempo. Il nonno di Meitang aveva un'erboristeria che vendeva medicine cinesi tradizionali che aveva aperto così dal nulla. Si chiamava Erboristeria Mao Fuchun. In seguito comprò della terra a Nancheng per costruirci una casa e fu lì che conobbe mio nonno e diventarono grandi amici. Il padre di Meitang, poi, subentrò al nonno nella

请工人到家中制鹿茸

Un lavoratore assunto per ridurre le corna di cervo in polvere.

gestione del negozio. Lavorava duramente e faceva grandi affari e riuscì ad aprire anche un secondo negozio. Aveva affari sia a Fujian che a Hankou dove Meitang passò quasi tutta la sua adolescenza.

Purtroppo, proprio a causa della professione di suo padre, Meitang ebbe un incidente che le causò dei problemi. Era primavera e aveva cinque anni e visto che era di costituzione un po' debole, sua madre le diede una medicina cinese estratta dalle corna di cervo. Ma la madre non capiva molto di medicina cinese: aveva solo sentito dire che quelle pasticche erano un rimedio efficace e ne ignorava gli effetti collaterali così come il fatto che gli anziani e le persone debo-

美棠误服鹿茸进行抢救

Meitang viene salvata da un'overdose causata dalle pasticche di estratto di corna di cervo.

li devono assumerne in piccole dosi. Pensate fossero adatte per una bambina di cinque anni? Non appena ingoiò le pasticche, Meitang cominciò a sentire tanto caldo, il naso iniziò a sanguinarle e alla fine perse i sensi. Il dottore consigliò subito di far sdraiare Meitang e di andare a prendere del fango al fiume da cospargere sul suo corpo. Alcuni giorni dopo finalmente Meitang riprese conoscenza.

Un'altra volta, poi, la madre preparò una ciotola di zuppa di nidi di rondine, un piatto prelibato della cucina cinese derivato proprio dalla saliva delle rondini, e chiamò la domestica affinché la portasse a Meitang. La bambina ne assaggiò un po': ma era sciapa e insapore e la risputò tutta nel piatto. La domestica riportò tutto quanto alla madre, la quale furiosa andò da Meitang e le diede uno schiaffo dicendole: "Lo sai che ho passato un giorno intero a togliere le piume di rondine dai nidi, eh?" Cosa piaceva, dunque, a Meitang? I bambini sono tutti uguali: amano le cose fritte, profumate e saporite, che preferiscono alla carne grassa e alle verdure. Meitang non era da meno e non mangiava altro. La madre cercava di assecondare tutte le sue richieste e ogni volta che serviva del pesce fritto o della carne ne esaminava per bene in controluce ogni trancio, togliendo tutti i pezzettini di grasso che trovava. A tavola, poi, non venivano mai servite verdure. Così facendo, però, alla fine il corpo della piccola Meitang cominciò a infiammarsi fino a che lei contrasse una polmonite. Fortunatamente, questa volta, la prima cosa che sua madre fece fu portarla in ospedale a Hankou, dove la ricoverarono. Ancora quando, all'età di ottantaquattro anni, Meitang dovette andare all'ospedale di Shanghai per via della sua nefropatia, il dottore riuscì a vedere dalle lastre i danni provocati dalla sua alimentazione.

Meitang aveva una sorella più grande di nome Yutang che era diventata sordomuta dopo aver ingoiato della polvere di perle, usata come rimedio per i malanni di gola. I genitori la mandarono in una scuola per sordomuti a imparare il linguaggio dei segni. Per questo motivo non era una ragazza socievole e passava tutto il suo tempo a scuola o a casa, senza mai uscire a divertirsi o salutare gli ospiti che ricevevano in casa. Era anche un po' invidiosa di Meitang. Tutti provavano compassione e pietà per lei, ma Meitang era ancora troppo piccola per capire e non la sopportava, volendo avere sempre la meglio. Dormivano insieme nello stesso letto e la sera, mentre tutti gli altri dormivamo, Yutang tracciava con le braccia una linea di demarcazione che Meitang non poteva oltrepassare.

"Meitang è scappata di nuovo!"

Anche Meitang era un po' dispettosa nei suoi confronti: ognuna delle due riceveva una paghetta che metteva accanto al cuscino. Quando Yutang era a scuola, Meitang andava di corsa a vedere quanti soldi avesse ricevuto sua sorella. Se ne trovava di meno, non diceva niente ma se invece ne trovava di più, correva subito dalla madre a lamentarsi, insistendo per ricevere la stessa somma.

Quando invece Meitang sgattaiolava via di casa senza permesso per andare a giocare, allora Yutang andava dalla madre e faceva la spia: metteva la mano destra sul fianco per indicare la sorella, che era più bassa di lei, e poi con il dito sinistro faceva segno verso l'uscita come per dire: "Mamma, è scappata di nuovo!"

美棠幼时夜间"偷"钱图

Da piccola, Meitang andava di notte alla "ricerca" di soldi.

Come dice un proverbio cinese, un gentiluomo ha il proprio modo per far soldi onestamente. E visto che Meitang cercava sempre di far arrabbiare qualcuno in casa, a quanto sembra andava a volte anche a rubare i soldi nella stanza dei genitori. Di notte, in silenzio, scendeva dal letto e a piedi nudi saltellava nella loro camera. Meitang sapeva bene dove suo padre tenesse i vestiti perciò non impiegò molto a trovare il mazzo delle chiavi. Sapeva anche qual era quella della cassaforte, che apriva facilmente. Quando vedeva che era piena di monete, ne prendeva una manciata e se le metteva in tasca. Poi, di corsa, richiudeva la cassaforte e si ritirava in camera a dormire.

Il fatto è che non era altrettanto abile a richiuderla a chiave. Una mattina, appena sveglio, suo padre disse a sua madre: "Ma che strano! Come è possibile che mi sia dimenticato di chiudere la cassaforte? Non starò diventando matto?" Non appena Meitang lo sentì, scoppiò a ridere così forte che le faceva male la pancia.

L'anno dopo per Capodanno, come da tradizione, il padre di Meitang diede dieci yuan d'argento alle sorelle. Anche questa volta, a Meitang la cosa non andò giù e cominciò a fare capricci. Suo padre non poté far altro che darle, di nascosto, dieci monete in più per farla stare zitta.

Durante i primi tre giorni del nuovo anno, i dipendenti del padre e tutte le persone con cui lui era in affari venivano a portare gli auguri di buon anno. Così i miei futuri suoceri ordinavano a Meitang di andare a giocare in camera sua e di non uscire. E voi pensate che Meitang obbedisse? Rimaneva a osservare dalla fessura della porta della camera gli ospiti che arrivavano e, al momento giusto, sbucava fuori per augurare a tutti buon anno. Sapendo che il signor Mao aveva una figlia graziosa, gli ospiti erano venuti preparati e davano a Meitang delle monete d'argento. Era tradizione nei primi giorni dell'anno regalare ai bambini dei soldi. C'era qualche moneta da due yuan, da quattro e anche molte monete da dieci. Facendo due conti, si può dire che Meitang, solo a Capodanno, guadagnasse un bel po' di soldini.

Vicino alla loro casa, in un vicolo, c'era un negozio di frutta e verdura il cui proprietario conosceva bene tutti i residenti del quartiere. Ogni volta che Meitang passava di lì, si fermava e prendeva qualsiasi cosa volesse mangiare in quel momento e il fruttivendolo segnava tutto sul libro mastro e a fine mese suo padre saldava il conto. All'epoca era così che facevano i commercianti con i clienti abituali. Perciò tutti i soldi che Meitang accumulava in quei giorni non servivano a un bel niente. Eppure continuava a metterli da parte, anche solo per il piacere di averne più di sua sorella.

Meitang iniziò ad andare a scuola al Fu Ren, l'unico istituto scolastico religioso a Hankou. I suoi genitori non se la sentirono di mandarla a scuola da sola, perciò assunsero una ragazza più grande di lei di cinque anni che l'accompagnasse ogni giorno. Mentre Meitang faceva lezione in classe, a volte guardava fuori dalla finestra e notava quella ragazza, tutta felice, che si dondolava sull'altalena oppure giocava sullo scivolo. Inutile dire che Meitang provasse un po' di invidia, ma non c'era niente che potesse fare al riguardo. Al suono della campanella, uscivano tutti da scuola e loro due tornavano a casa insieme.

Da quello che mi ha raccontato Meitang, la sua "balia" era un tipo coraggioso e perspicace. Sulla strada del ritorno, si imbattevano spesso in qualche ragazzino che prendeva in giro Meitang. Così questa sua nuova amica cominciava a inseguirlo minacciosamente, con il pugno alzato. A volte riusciva a menarli, altre volte quei ragazzini fuggivano via dalla paura.

Meitang mi aveva detto il nome di questa ragazza che l'accompagnava a scuola, ma non me lo ricordo. Era molto coraggiosa e perspicace. Sulla strada del ritorno, capitava a volte che incontrassero qualche ragazzino che prendeva in giro Meitang. Lei, così, senza pensarci due volte, cominciava a inseguirlo minacciosamente con il pugno alzato.

TESTO SULL'INSEGNA ROSSA
"Cumuli di ricchezze."
A quell'epoca era comune per i negozianti avere frasi di buon auspicio appese nel negozio. "Cumuli di ricchezze" è una frase di questo genere. Infatti quando scritta verticalmente contiene elementi che si sovrappongono, e i quattro ideogrammi si fondono in due.

Meitang era intelligente e sveglia, ma quando c'era un compito in classe o un esame, non risultava la più brava della classe bensì sempre la seconda. La prima era una ragazza il cui cognome era Fu, che aveva due anni in più di Meitang ed era una vera e propria secchiona. Meitang non riuscì mai ad essere la prima della classe, e questo non le andava proprio giù. Anni dopo, quando me ne parlò, vedevo il suo volto corrucciarsi ancora per la rabbia.

All'età di dieci anni, entrò un giorno nel negozio del padre per giocare e trovò il contabile che scriveva gli indirizzi su dei pacchi postali. Subito le chiese: "Ma tu sei capace a scrivere i caratteri cinesi?"

Meitang rispose: "Certamente."

"E ti andrebbe di venire qui a scrivere gli indirizzi su questi pacchi?"

"D'accordo!"

Meitang, così, si sedette su uno sgabello messo lì apposta per lei e sotto gli occhi attenti dell'uomo cominciò a scrivere gli indirizzi sui pacchi. Tutti rimasero stupiti e si congratularono con lei. Suo padre ne fu molto orgoglioso e disse che le avrebbe fatto continuare gli studi.

2009. 9. 16.

Nel giardino della scuola Fu Ren c'era una stradina di mattonelle colorate che indicavano i passi giusti da seguire per avere una postura corretta. Meitang ogni giorno, dopo la scuola, vi si esercitava, con la speranza di diventare, da grande, una donna dai modi aggraziati.

In seguito all'invasione dei giapponesi, la scuola venne trasferita nel centro della città e molti bambini si spostarono. Il padre di Meitang, non voleva tradire la nazione e mischiarsi con i giapponesi, perciò decise di chiudere il negozio e la banca che gestiva. Si trasferì con tutta la famiglia nel quartiere per stranieri di Hankou e Meitang cominciò lì una nuova scuola privata.

Nella nuova scuola, Meitang conobbe una bambina molto intelligente, Liu Baozhen. Suo padre era un musicista molto bravo, e la famiglia era ricca nonostante non fosse impegnata nel commercio. A quel tempo il padre si era trasferito a Hong Kong con la figlia minore, lasciando Baozhen con la madre a Hankou. La madre aveva un aspetto serio e imponente: gestiva un albergo a Hankou chiamato La Ferrovia, in seguito aprì anche una balera e un negozio che vendeva un po' di tutto.

All'ingresso della casa di Meitang era stato posizionato un paravento in modo che, ogni volta che si apriva la porta per entrare, i passanti in strada non riuscissero a intravedere l'interno. Su questo paravento era disegnato un grosso carattere cinese, 福 (*fu*), che significa "buona fortuna". Fuori dalle mura di casa, i venti della guerra infuriavano e il padre di Meitang faceva tutto quanto in suo potere per proteggere la sua famiglia.

Verso i quattordici o i quindici anni, Meitang e Baozhen uscivano a divertirsi e si ritrovavano spesso nella sala da ballo, sgambettando con agilità in un ballo a due. Andavano anche insieme al parco, a fare shopping, a mangiare qualcosa in un bel posto o a vedere un film. Compravano entrambe gli stessi abiti, le stesse calze e finivano per vestirsi allo stesso modo.

抗日战争爆發

一九三七年七月七日，日本军国主义者悍然发动"七七"芦沟桥事变，爆发了全面的侵华战争。战火不久就燃烧到汉口。日机在汉口狂轰滥炸，汉口随即沦入日寇魔掌。岳父是个爱国、正直的商人，不愿与敌伪、汉奸等做生意，乃将商栈、钱庄关门歇业，携着一家老小，搬入汉口的"法租界"，因此处比较安全些。起初，系向一个临川人租一幢房屋。此人靠贩毒致富，是个暴发户，为人刻薄、吝啬，经常来屋观察，说这里弄坏了，那里又弄坏了……岳父气极了，便不住他家的房子，干脆自己设计、建造一幢两层楼房，外面用红砖砌的围墙特别高，故光线、通风都不佳，大门特别厚，铁锁特别粗，其特点就是谨慎与安全。右图为岳父在法租界所建房屋的示意图。在兵荒马乱之际，家中又无壮年男子，为了家中妇孺的安全，必须千万小心，不能有半点疏忽，此乃岳父当年之苦衷也。

法租界里的生活

辅仁小学此时已迁往内地，有些学生随校内迁，美棠乃转入租界内一个私立学校就读。岳父母家人口已增至8人，再加上女佣、奶妈等，生活负担日渐加重。

当时租界内生活费用昂贵，一担水要三头大洋又元。租界当局每日规定时间可用大龙头免费供水，但需要排队接水。美棠便叫岳父去买几只水桶，她跟着水桶排队。女佣人则隔些时候前去观察，到差不多的时候，女佣便把盛满水的水桶拎回家。美棠年纪虽小，却已懂得如何设法为家庭节省开支，来度过难关了。

ALLE PAGINE PRECEDENTI

Scoppio della guerra contro il Giappone: la città di Hankou sotto i bombardamenti aerei

Immagine in alto a sinistra, p. 66 Il 7 luglio 1937, gli imperialisti giapponesi lanciarono un attacco ingiustificato contro le truppe cinesi fuori da Beijing. Questo, il cosiddetto "incidente del ponte Marco Polo", scatenò la guerra di aggressione contro l'intera Cina. La guerra presto travolse Hankou, che cadde nelle mani dei nemici dopo che gli aerei giapponesi la bombardarono dal cielo. Il mio futuro suocero era un uomo onesto che amava il proprio paese e non voleva fare affari con i nemici giapponesi o con i cinesi collaborazionisti. Chiuse bottega e si trasferì con tutta la famiglia nel quartiere per stranieri di Hankou nella speranza che là sarebbero stati al sicuro.

Schizzo della casa che mio suocero costruì nel quartiere per stranieri

Immagine in basso a destra, p. 66 Prese in affitto una casa da un signore originario di Linchuan che si era arricchito grazie al commercio dell'oppio. Andava spesso a controllare la casa e li accusava di aver danneggiato o rubato questo e quello. Mio suocero, stanco di questa situazione, decise di costruire lui stesso una casa a due piani, circondata da un alto muro di mattoni rossi che teneva lontano il vento, ma anche la luce. In quei tempi incerti e agitati la cosa più importante per mio suocero era proteggere la sua famiglia.

Come si viveva nel quartiere per stranieri

Immagine in basso, p. 67 Quando la scuola primaria Fu Ren fu trasferita, Meitang fu iscritta in una scuola privata. La sua famiglia era composta in tutto da otto membri, esclusi però i domestici e la balia. Il costo della vita nel quartiere per stranieri era molto alto e per comprare l'acqua, ad esempio, servivano due yuan a secchio. Le autorità del quartiere, perciò, decisero che ogni giorno, a una certa ora, l'acqua venisse distribuita a tutti gratuitamente. Meitang veniva mandata da suo padre a prendere qualche secchio d'acqua e ogni volta si metteva in fila, aspettando con i secchi vuoti accanto. Finito di riempirli, uno dei domestici la aiutava a trasportarli fino a casa.

Quando Baozhen si sposò, Meitang andava spesso a casa del marito Xiao per passare del tempo con la sua amica e uno dei fratelli dimostrò particolare interesse per lei. Anche la suocera di Baozhen la apprezzava perché, a suo dire, era intelligente e sveglia. A volte cercava addirittura qualche pretesto per chiedere a Meitang di aiutarla con il cucito così da conoscerla meglio e diventare amiche. Per fortuna, Meitang non sembrava mostrare particolare interesse verso il ragazzo e anche i suoi genitori non volevano che la figlia sposasse uno di un'altra provincia.

La famiglia di Meitang trascorse tutti gli anni della guerra, dal 1937 al 1945, nel quartiere per stranieri e i soldi a casa cominciaro-

美棠与宝珍两个少女在舞池中起舞

no a scarseggiare. Dopo la sconfitta del Giappone, il padre di Meitang restò a Hankou per riprendere gli affari, mentre il resto della famiglia si trasferì a Linchuan. Affittarono una barca e andarono a recuperare i loro mobili.

La vigilia della partenza la madre di Baozhen implorò Meitang di recarsi da loro a cena. "Tornerai a trovarci a Hankou?" le domandò. E Meitang rispose: "Certo che sì." Il mattino dopo Baozhen si recò da sola in riva al fiume per salutare Meitang. Se ne stava appoggiata a un albero e le due amiche si dissero addio con un cenno della mano, allontanandosi l'una dall'altra. E così finirono anche tutti gli anni della loro lunga amicizia.

Man mano che la barca si allontanava la costa scompariva alla sua vista e Meitang vedeva Baozhen diventare sempre più minuta.

Quell'anno Meitang aveva quasi vent'anni e, grazie al denaro che suo padre guadagnava e le inviava, lei riusciva a mandare avanti la casa.

江邊送別圖
二〇〇九年七月
平如

L'addio tra Meitang e Baozhen sulla riva del fiume.

Così tutto a un tratto, nel bel mezzo della guerra,
pensai mentre sentivo gli spari intorno a me:
"Sarà questo il posto dove verrò sepolto?"

Capitolo due
L’arruolamento

Il giorno in cui i giapponesi invadono la nostra terra,
il nostro giovane ragazzo si arruola e getta la penna.
Perché privarsi di tutto e donare tutto è un dovere per la nazione.
Torna vittorioso, figlio mio!
Noi ti aspettiamo con orgoglio.

Poesia di mio padre per me, come regalo prima della partenza.

La luna squarcia il cielo dipingendolo di blu,
e il ragazzo si prepara coraggioso a combattere per la patria.
Non ti preoccupar di noi,
aspetteremo solo di ricevere le tue parole per posta.

Poesia di mia madre per me, come regalo prima della partenza.

In tutto il Sud della Cina,
vedo fiumi di lacrime attraversare i monti delle valli.
Ci ho messo dieci anni per affilare le spade
e ora sono pronto a partire senza preoccupazioni o grandi aspirazioni.

Poesia di Pingru.

Era il 1940 e la guerra con i giapponesi andava avanti da tre anni. Ero al secondo anno di liceo e già a diciotto anni cominciavo a comprendere quello che il mio paese stava passando. A luglio di quell'anno, erano aperte le ammissioni per la classe dei diciottenni all'accademia militare centrale a Shangrao. Dopo aver ottenuto l'approvazione da mio padre, feci il test d'ingresso con altri tre miei compagni, D, L e R.

NELLA PAGINA ACCANTO
In alto a sinistra Quando arrivammo a Shangrao, ci sistemammo tutti e quattro in una nota erboristeria cinese del posto. Si chiamava Dechangyi. Il proprietario era un parente di D e ci trattava tutti come se fossimo suoi nipoti. Era un tipo molto gentile e premuroso. Rimanemmo lì per circa un mese (compresa l'attesa dell'esito dell'esame) e per tutto il tempo ci passò vitto e alloggio: un'esperienza indimenticabile.

我们4人来到上饶，住在当地一家著名的中药店里。店名"德长怡"，店主江家瑜老伯是D君的亲戚。他待我们亲如子侄，非常热情，关怀备至，食宿都在店中，时间长达一个月（包括报考以及后来报到等），此情至今难以忘怀。

军校考试为期2天。第一天体格检查，很简单：量身高、体重，听听心跳，看看五官；没有量血压和验血这一套。但当时有一项检查是很重要的，即：检查色盲。方法是：给你看几页由许多淡色彩的小圆点所组成的画面，其中"藏"有数字图形，你如能正确读出数字，便说明你没有色盲。有色盲的人不能录取。

检查有无色盲的画面

第二天笔试，在一间厅堂里举行。上午国文，下午数学，题目不难。中午，每人还发两个肉包子作为午餐。我当时觉得相当满意。

Nel cerchio L'esame all'accademia militare durò due giorni. Il primo giorno veniva esaminata la costituzione fisica: l'altezza, il peso, il battito cardiaco, esami del sangue, della pressione ecc. Poi si passava a un esame più importante, ovvero quello della vista, per controllare se eravamo daltonici: dovevamo osservare alcune pagine su cui erano disegnati tanti piccoli cerchi colorati con al centro, seminascosto, un carattere. Le persone daltoniche non si accorgevano del carattere e non superavano la selezione.

In basso a destra Il secondo giorno ci ritrovammo tutti in una grande sala per l'esame scritto. La mattina era il turno di lingua cinese, mentre il pomeriggio c'era matematica. Fu tutto piuttosto facile. Per pranzo prendemmo due ravioli di carne ciascuno: non c'era modo migliore di terminare una giornata così.

In basso a sinistra Test per il daltonismo.

过了个把月，我在家门口收到了军校的"录取通知书"，我非常高兴。同时得知：D君和L君也被录取了；只有R君由于眼睛欠佳而"名落孙山"。

我积极作出发前的准备工作，在裁缝店定做了一个相当大的、绿色帆布的"童子军"式背包；买了200张明信片以便随时给家中发信；还买了手电筒、防风眼镜以及一些必需日用品。母亲给我准备了羊毛毯和随身衣服，父亲给我200元钱作为旅途中费用。我还特意在背包的另一面用白布设计制作了四个美术字——"长征万里"，表示好男儿应该有"乘長风破万里浪"的豪迈气概，奔赴抗日救国的征程。

In alto Qualche mese più tardi, ricevetti a casa la lettera di ammissione all'accademia militare e ne fui strafelice. Allo stesso tempo, anche D e L ricevettero la notifica, mentre R non fu ammesso perché aveva fallito il test del daltonismo.

Nella pagina accanto in basso e qui sopra Pieno di entusiasmo, cominciai subito i preparativi per la partenza. Mi recai da un sarto e mi feci confezionare uno zaino verde. Poi, comprai circa duecento cartoline (così da poter sempre scrivere e dare notizie di me a casa), una torcia, un paio di occhiali paravento e qualche articolo di prima necessità. Mia madre mi diede una coperta di lana, e mio padre duecento yuan per coprire le spese del viaggio. Sulla parte posteriore dello zaino avevo fatto cucire la frase *wan li chang zheng*, ovvero "lunga marcia di diecimila chilometri". E così partii per combattere l'esercito giapponese.

Io, D e L superammo la selezione, mentre R non fu ammesso perché aveva fallito il test del daltonismo. Al momento della partenza, i genitori di L fecero di tutto per dissuaderlo e alla fine lui decise di rinunciare. Io e D, invece, partimmo per Yingtan a bordo di una vettura militare carica di munizioni. L'autista, però, era così ubriaco che, quando a metà strada fu costretto a fermarsi per un controllo della polizia e risultò non in grado di guidare, fu rimproverato. Dopo era così arrabbiato che guidò anche peggio e proprio quando mancavano circa quindici chilometri per raggiungere Yingtan, il furgone all'improvviso scartò bruscamente a destra. Io ero seduto a sinistra e D a destra. Quando il furgone si capovolse, D cadde sopra la scatola delle munizioni facendosi un gran male. Anche io caddi, ma me la cavai solo con qualche graffio. D fu molto provato da tutto ciò e, una volta arrivati a Shangrao, decise di mollare. Così alla fine fui l'unico a presentarmi all'ufficio di reclutamento dell'accademia militare.

赴上饶报到时，在距鹰潭还有30里的地方翻车

Mancavano circa quindici chilometri per raggiungere Yingtan, quando il furgone all'improvviso scartò bruscamente a destra e si capovolse.

报到后，在上饶市区外的一个大祠堂里集中

Dopo aver fatto l'appello, ci recammo tutti al tempio in periferia.

A Shangrao, mentre aspettavamo le reclute in arrivo dalle sedi d'esame di Jinhua (provincia di Zhejiang) e Tunxi (provincia di Anhui), ci ammassarono in un grande tempio alla periferia della città, dove rimanemmo per due settimane. Di fronte all'ingresso c'era un piccolo appezzamento di terra dove venivano distribuiti i pasti e per lavarci andavamo al fiume che scorreva lì vicino. Ma per la maggior parte del tempo gironzolavamo per le strade, mangiando o bevendo fuori mentre solo pochi rientravano per mangiare la minestra sciapa del cuoco.

Verso la fine di settembre, cominciarono i veri e propri allenamenti. Secondo le regole potevamo prendere il treno solo nel caso in cui ci fosse il collegamento per la nostra destinazione e unicamente treni merci; altrimenti dovevamo spostarci a piedi. Un giorno prendemmo il treno per andare a Zhuzhou, nella provincia di Hunan, e cominciò a piovere forte. Non smise per tutta la notte e io dormii profondamente in un vagone pieno di legname, con una cerata gialla stesa sopra la mia coperta.

A quel tempo, la ferrovia Hunan-Guangxi arrivava solamente fino alla città di Yishan, quindi proseguimmo a piedi. Eravamo duecento o trecento persone, guidate da un ufficiale di nome Zhou, che prima di partire ci divise in piccoli gruppi. Ogni gruppo aveva, a sua volta, un leader a cui Zhou dava regolarmente indicazioni su dove accamparsi. Ogni due o tre giorni provvedevamo al rifornimento di cibo, che non bastava mai, e sandali. Zhou comprò una bicicletta nuova e continuò il viaggio con quella. Ogni gruppo aveva qualcuno che andava avanti per "tastare il terreno", ovvero procurarsi cibo e un posto dove dormire tranquilli. Esaurii in poco tempo i duecento yuan che mi avevano dato per il viaggio, e non ebbi altra scelta che vendere la coperta di lana e l'orologio da polso.

Stazione di Zhuzhou.

学生们沿公路向指定的宿营地走去

Noi reclute in marcia.

Un giorno, a Guiyang, ero nel gruppo di ricongnizione e mi fermai presso una casa per preparare il pranzo per i miei compagni, come stabilito, ma non sapevo neanche da dove iniziare. La nostra ospite, una donna di quarant'anni circa, arrivò in cucina, capì al volo la situazione, mi tolse di mano gli utensili e cominciò a cucinare. La osservai mettere l'acqua nella pentola, poi gettare il riso e coprire il tutto con una ciotola di ceramica; poi accese il fuoco usando della paglia. La ringraziai e lei mi disse, con lo sguardo assente: "Mio figlio si è arruolato all'accademia militare, proprio come te."

进入黄埔军校的校门

Entrata dell'accademia militare di Chengdu
Sulle colonne si legge: "Entrando per questa porta, fortuna e carriera avrete solo se la vostra vita siete pronti a dare."

Quattro mesi dopo, il 6 febbraio 1941, arrivammo finalmente all'accampamento di Chengdu. C'erano molte persone e provenivano da tutte le regioni e i distretti. Nella classe dei diciottenni eravamo circa duemila. Sei mesi dopo ebbe inizio l'addestramento. Tutti fummo rasati a zero e io fui assegnato al gruppo della fanteria, le cui esercitazioni avvenivano alla periferia della città. C'erano sei squadre di fanteria, due di cavalleria, due di artiglieria, due di salmeria e una delle trasmissioni. Una volta terminato l'addestramento, venivamo assegnati alla divisione di nostra scelta. Avevo una particolare ammirazione per Napoleone e per questo scelsi la squadra di artiglieria.

入伍生训练

Addestramento militare.

Purtroppo però i candidati erano così numerosi che ci fecero fare anche dei test. Non ero mai stato bravo in matematica, ma avevo un'ottima memoria, perciò mi limitai a memorizzazre tutti gli argomenti e i quesiti nei libri di testo prima dell'esame. Alla fine uscirono proprio le domande che avevo memorizzato e passai l'esame di artiglieria. A febbraio del 1943, gli studenti della classe dei diciottenni si diplomarono. In questo periodo ricevetti la lettera che mi informava che mia madre era morta nell'autunno del 1942. Ero distrutto dal dolore. Al momento di scegliere l'armata di destinazione, tutti gli altri preferirono quelle meglio equipaggiate, mentre io scelsi la 100[a] armata, di stanza nella mia provincia, lo Jiangxi.

砲科训练

Lezioni di artiglieria.

Ero determinato a tornare a casa per onorare la tomba di mia madre, poi sarei andato al fronte per uccidere il nemico e, se anche fossi morto, non avrei avuto alcun rimorso.

Secondo il programma, tornai prima a Nancheng, e poi con mio fratello al monte Magu per visitare la tomba di mamma. Dopo due settimane, mi registrai nella 100ª armata che in quel momento si trovava nella provincia di Hunan.

回家祭母

In ginocchio rendo omaggio a mia madre davanti alla sua tomba

A sinistra Tomba di Yuan Jia (nata Yang).

A destra Tomba di Rao Zhixiang.

常德外圍之战

La battaglia di Changde, nella provincia di Hunan.

Nel novembre del 1943 scoppiò la battaglia di Changde e la mia armata fu mandata come rinforzo. Arrivammo al tempio Jinlan vicino a Yiyang, e dopo una breve sosta per riposarci e riorganizzarci, proseguimmo fino al campo di battaglia a pochi chilometri di distanza. Più ci si avvicinava e più il rumore delle pallottole si faceva forte e incessante; dopo essere arrivati alla postazione, attaccammo le truppe giapponesi che si trovavano in cima al monte. Partirono, da entrambe le parti, violenti colpi d'arma da fuoco. Nel pomeriggio, verso le quattro, gli attacchi cessarono e scese il silenzio. Il cuoco dell'esercito pensò di approfittare della calma per portarci del cibo e si espose per dare un'occhiata all'altura di fronte a noi. Si sentì solo uno sparo di un cecchino giapponese, che lo colpì alla testa uccidendolo all'istante. Mi ricordo soltanto il suo cognome, Ren.

Fu la prima volta che mi trovai a combattere i giapponesi.

衡阳外围喝稻田水

Bevo l'acqua torbida delle risaie fuori Hengyang.

Nel giugno del 1944 scoppiò la battaglia di Hengyang e la 100ª armata fu mandata a rompere l'assedio. Arrivati a Sitang, a circa venticinque chilometri da Hengyang, la nostra avanguardia fu fermata dai giapponesi. Dalle otto del mattino fino alle quattro o le cinque del pomeriggio aspettammo l'ordine di procedere.

Era difficile sopportare la sete e tenere gli occhi aperti sotto quel sole cocente. Presi perciò una tazza che avevo con me e la usai per raccogliere l'acqua torbida delle risaie accanto, poi mandai giù due grossi spicchi d'aglio. L'acqua mi sembrò incredibilmente deliziosa.

湘西会战中我对日寇突然袭击

L'attacco a sorpresa contro le truppe giapponesi.

Nella primavera del 1945 si svolse la campagna dello Hunan occidentale; gli scontri iniziarono il 9 aprile e terminarono il 7 giugno.

La mattina del 19 aprile mi trovavo su una montagna soprannominata Caverna del pesce e vidi le truppe giapponesi dirigersi verso il fiume Zhijiang. Alcuni erano a cavallo, altri viaggiavano su una portantina. Si trovavano a circa un chilometro di distanza, ben al di là dal raggio del mortaio. Così decisi di violare le regole, presi due cannoni e mi posizionai sul pendio, in prima linea. Puntai le armi sul nemico e all'improvviso partirono più di cento colpi d'arma da fuoco.

L'unica cosa che si vedeva di fronte al monte era una grossa nuvola di fumo nero. I giapponesi erano stati colti alla sprovvista e visto che non riuscivano a vedere bene dove fossimo, non poterono rispondere all'attacco e difendersi. Quando ebbi terminato i colpi riportai i cannoni al loro posto e andai a riposarmi. Quella sera arrivarono a darci la notizia: "Il bombardamento di questa mattina ha colpito settanta giapponesi, tra morti e feriti, compreso il comandante."

La mattina del giorno seguente, vidi di nuovo una truppa giapponese marciare sulla montagna di fronte. Ero giovane a quel tempo e alquanto ingenuo, perciò tornai nello stesso punto del giorno precedente, pronto a sparare. Questa volta, però, il nemico era preparato. Lanciammo due o tre cannonate e la mitragliatrice giapponese rispose all'attacco; venimmo raggiunti anche da colpi di armi di più piccolo calibro. La situazione si era ribaltata: questa volta eravamo noi ad essere esposti al nemico. Ordinai di buttarci a terra. I proiettili continuavano a cadere come pioggia e in quel momento sentii un grido: alla mia destra in basso giaceva Li Ashui, il leader del quarto gruppo, che era appena stato colpito da un proiettile. Pochi minuti ed era morto. Alzai gli occhi e ammirai il cielo sereno e soleggiato, le nuvole che si muovevano di qua e di là e, ovunque guardassi, vedevo alte montagne di un verde brillante. Così tutto a un tratto, nel bel mezzo della guerra, pensai: "Sarà questo il posto dove verrò sepolto?" Il cielo azzurro, le nuvole bianche, le verdi cime montuose. Sarebbe stata proprio una morte bella e dignitosa.

山头受困，九死一生

I giapponesi cominciarono a sparare sulle montagne,
lasciandoci poche vie di fuga.

日军逃窜时留有掩护部队

Truppe giapponesi che coprono la ritirata del loro esercito.

Dopo un po', non vedendo più alcun movimento, il nemico cessò il fuoco. Al primo nostro segno di vita, però, la sparatoria riprese e noi ci mettemmo nuovamente al riparo. La scena si ripeté diverse volte, finché alla fine riuscimmo a guadagnare la cima del monte e poi il nostro accampamento sul versante opposto.

Quella sera i nostri camerati portarono una pala e scavammo una fossa per seppellire Li Ashui. Aveva poco più di vent'anni e ricordo che veniva da Ningbo. "Non importa dove mi seppellite. Le montagne verdi sono la dimora degli eroi."[3]

敌军逃窜时沿途丢 纸片

Le truppe giapponesi in ritirata lasciano pezzi di carta lungo il cammino.

Per alcuni giorni continuammo ad inseguire il nemico fino al monte Guanyin. I giapponesi lasciavano dietro di loro piccole unità a coprire la ritirata, così da tenderci imboscate ovunque noi passassimo, in strada o nella foresta.

Alla sera, quando i giapponesi si ritiravano con il favore del buio, lungo la strada si vedevano volare tanti pezzettini di carta, lanciati apposta affinché anche l'ultimo soldato della fila non potesse perdersi. Ovviamente, durante la nostra caccia, li usammo come indizio.

追击途中恶臭难闻

Lungo la strada si sentiva l'odore puzzolente della carne di animali in decomposizione.

Siccome le truppe giapponesi stavano esaurendo le razioni di cereali, al loro passaggio uccisero tutte le mucche che vedevano e si cibarono della loro carne. A causa del sole alto e cocente, i cadaveri dei poveri animali erano in via di decomposizione e il forte odore rendeva quasi impossibile respirare.

La mattina di quel giorno, verso le nove, lanciammo l'assalto al monte Guanyin, sulla cui cima i giapponesi avevano posizionato una truppa di copertura. Tenevo i mortai sul versante dell'altura di fronte a loro, a meno di duecento metri di distanza. Prima mirammo alla cima del monte. Quando, mezz'ora dopo, la nostra fanteria raggiunse la sommità, allungai il tiro così da tagliare al nemico ogni via di fuga. Il monte era alto e ripido e la salita risultò difficile. Alle cinque circa del pomeriggio, il sergente Zhao fu il primo a raggiungere la cima e riuscì a strappare con una sola mano la mitragliatrice di un soldato giapponese. Immediatamente un soldato nemico alla sua sinistra gli sparò e il proiettile lo raggiunse alla testa, facendolo cadere a terra, dentro la trincea giapponese. Se solo avessimo indossato elmetti di metallo si sarebbe salvato, ma il nostro equipaggiamento era inadeguato e perciò alcuni di noi indossavano un semplice copricapo di stoffa.

攻占观音山时的瞬间所见

Un momento dell'attacco al monte Guanyin.

Dopo cinque o sei minuti, raggiunsi anch'io la cima insieme al mio plotone. Le truppe giapponesi erano in fuga e tutto ciò che rimaneva sulla cima del monte erano le trincee vuote. Dentro una di esse c'era il cadavere di un giapponese: aveva baffi e barba e il suo petto peloso era scoperto. E non era l'unico cadavere. A sinistra giaceva il sergente Zhao e ai suoi piedi il corpo di un soldato nemico. Lasciai vagare lo sguardo e vidi tutt'intorno le verdi montagne. Non si sentiva nessun boato, non si vedevano fumi di guerra, solo il sole rosso sangue che tramontava. Non c'era tempo da perdere, però, e così scendemmo giù per il monte e continuammo il nostro inseguimento.

All'inizio di giugno del 1945, era chiaro che i giapponesi erano stati sconfitti. Quelli rimasti si ritirarono nella città di Shaoyang e lì si asserragliarono.

La città di Shaoyang si trova a tre chilometri da Ximen, vicino al monte chiamato la Grande Cresta, una roccaforte strategica dove i giapponesi avevano innalzato strutture difensive ben solide. Erano due settimane che le forze militari del 188° reggimento della 63ª divisione attaccavano senza successo. All'inizio di luglio il quartier generale ordinò al 189° reggimento di inviare un battaglione per attaccare la Grande Cresta. Il mio plotone fu convocato all'azione e le forze alleate inviarono venti aerei dello squadrone Tigri Volanti come rinforzo.

平如
2010.10.24.

Alle sei di mattina i cannoni erano in posizione. Alle otto arrivarono le Tigri Volanti e noi utilizzammo delle tavole bianche per segnalare la nostra posizione. Gli aerei da combattimento cominciarono a sganciare bombe per poi mitragliare a bassa quota ovunque capitasse. La cima della montagna sembrava sputare fiamme di fuoco e non si notava alcun movimento da parte del nemico.

Con l'artiglieria disposta a protezione, lanciammo prima un centinaio di bombe, poi allungammo il tiro per permettere a un plotone di circa trenta soldati di lanciarsi all'attacco.

I soldati giapponesi erano combattenti ben addestrati ed estremamente preparati. Verso le quattro o le cinque, la montagna non era ancora stata occupata. Da lontano riuscivo a vedere una dozzina di nostri soldati distesi nell'erba alta e ce n'era uno che portava una camicia bianca, senza dubbio strappata via dal corpo di un giapponese. Se ne stavano immobili, uccisi da molto tempo. Eravamo a un solo mese dalla vittoria della guerra.

Nel 2008, il mio secondogenito Shen Ceng mi accompagnò sul luogo della battaglia, salendo su quelle montagne che non eravamo riusciti ad occupare in passato. C'erano ancora le trincee giapponesi. Ho portato dei fiori ai combattenti morti quel giorno. Soldati non identificati i cui parenti forse non sapranno mai che sono morti qui per la loro patria.

Dopo la campagna restammo in servizio nei pressi di Shaoyang. Il 13 agosto arrivò la notizia dello sgancio della bomba atomica. Poco dopo i giapponesi annunciarono la resa incondizionata e il 188° reggimento inviò emissari a Shaoyang per la consegna delle armi. Le truppe esultarono di gioia e la gente del villaggio organizzò una grande festa.

Avevamo vinto.

Prima di incontrarla, non avevo paura di morire
o di andare in guerra in posti lontani,
così come non mi preoccupava il trascorrere del tempo.
Non avevo mai pensato a cose del genere prima.

Capitolo tre
Labbra rosse

Quando la guerra finì, nell'estate del 1946, io avevo venticinque anni e il grado di luogotenente del plotone di artiglieria della 63ª brigata. Le nostre truppe a quel tempo erano di stanza a Taizhou, ma poi venimmo trasferiti a Taixing, sempre nella provincia di Jiangsu. In quel periodo ricevetti una lettera di mio padre che mi annunciava l'imminente matrimonio del mio fratello minore e mi chiedeva di tornare a casa per assistere alla cerimonia. Aggiungeva inoltre che sperava di approfittare del mio ritorno per riuscire a organizzare anche il mio matrimonio.

Ne parlavamo da tempo ormai. Dopo il diploma all'accademia militare, andai una volta a Ganzhou dove mio padre lavorava come avvocato. Aveva preso in affitto due stanze prima di trasferirsi in una residenza fissa. Il suo vicino, un uomo d'affari, era di Nancheng come noi e aveva una figlia. Mio padre e mia zia avevano pianificato un pranzo con padre e figlia, una sorta di appuntamento ufficioso. Mi ricordo solo il volto paffutello della ragazza e nient'altro.

L'estate di quell'anno accompagnai mio padre a Nancheng. Mio padre aveva un vecchio amico, un medico di nome Xie Houzu, con molte figlie; l'intenzione era di presentarmi una di loro, una ragazzina che a quei tempi andava al liceo. Ma, visto che sarei partito presto per il fronte, non volevo sentir parlare di matrimonio, perciò rifiutai.

Ora, però, dato che la guerra era stata vinta, presi in considerazione l'idea di sposarmi, come proposto da mio padre.

A quel tempo chiedere un congedo militare per qualche giorno non era cosa da poco. Bisognava ottenere il permesso dal comandante di brigata e la probabilità che venisse accordato era decisamente bassa. Il mio superiore, Liu Hengxin, era un tipo onesto e, una volta informato, si assunse lui stesso la responsabilità di concedermi un congedo di due settimane.

离开泰兴，踏上回家旅途之早晨所见

La mattina in cui lasciai Taixing per tornare a casa.

Nel battaglione avevo fatto amicizia con alcuni ragazzi della mia età: Sun Yi, Ye Yinmin, Peng Shanhe e Zhu Baoqing. Nel 1948, il comandante Liu partì per Taiwan insieme a Peng e Zhu; Peng mi spedì una foto di gruppo di tutti noi con la divisa militare.

Con loro mi divertivo moltissimo. Sovente andavamo a spasso per le vie di Taizhou, ai bagni pubblici o al ristorante. La sera prima della mia partenza mi prepararono una cena d'addio. Mi ubriacai così tanto da addormentarmi a tavola.

Il mattino dopo mi sbrigai in fretta a preparare i bagagli, presi qualche soldo per il viaggio e il trofeo che mi aveva consegnato il comandante dopo la vittoria della guerra – la spada di un soldato giapponese – e partii. Andavo così di fretta che misi gli stivali sbagliati. Una volta il comandante aveva regalato a me e a Sun Yi un paio di stivali scuri di pelle e li aveva fatti fare proprio su misura in un negozio.

Erano identici, tranne per il fatto che quelli del mio amico erano un po' più piccoli. Dopo essere uscito dalla caserma, cominciai a sentire un formicolio al piede destro, ma non c'era altro da fare se non sopportare il fastidio e continuare il viaggio.

Arrivai alla porta sud di Taixing, quando il sole era appena sorto. In giro non c'era nessuno, solo due guardie all'entrata della città. I molti anni di guerra avevano privato la città dei suoi alberi ed essa appariva tetra, con solo mura e torri fortificate, strade sporche e le sagome delle case in lontananza. Come diceva il poeta Jiang Kui: "Al suon della parola guerra, gli alberi subito appassiscono."

Avevo pianificato di prendere una nave a Zhenjiang, per raggiungere la città di Jiujiang, nello Jiangxi. Quando arrivai a Zhenjiang erano quasi le otto di sera. La forte luce del molo brillava nella notte. Seguii le scale di pietra e salii sulla nave diretta a Jiujiang. Era agosto e il caldo era soffocante. Per questo molti passeggeri non volevano stare in cabina, preferendo sedersi o sdraiarsi sul pontile della nave per godersi la brezza fresca. Non volevo mischiarmi a quella folla così rumorosa, così scesi per trovare una branda. Ricordo ancora la finestrella rotonda da cui mi giungevano le voci dei venditori ambulanti che sul ponte offrivano cibo ai passeggeri. Io, però, ero così stanco che mi addormentai subito.

La nave approdò a Jiujiang e presi un treno per raggiungere Nanchang, poi andai dritto alla nostra casa di Chenjiaqiao. Il mattino dopo prendemmo una corriera per Linchuan, fu un viaggio molto lungo. Arrivammo che era già notte e trovammo alloggio presso la locanda Gaosheng. Sistemate le valigie, mio padre mi parlò un po' di quelli che sarebbero poi diventati i miei suoceri. Il signor Mao Sixiang era un caro amico e apparteneva a una famiglia molto ricca. Il giorno successivo ci recammo a casa di Meitang.

晚间走下镇江码头，登上开赴九江的大轮船。

La sera andai al porto di Zhenjiang per prendere il battello diretto a Jiujiang.

La locanda Gaosheng.

Era grande, così grande che dovemmo attraversare tre cortili, e appena prima di entrare nel salone principale scorsi una finestra aperta alla mia sinistra. Guardai meglio: c'era una ragazza di appena vent'anni, molto carina, che se ne stava lì affacciata con lo specchio in una mano e il rossetto nell'altra, cercando di non sbavarsi. Lei non mi vide, ma io sapevo chi era: quella fu la mia prima vera impressione di Meitang. Era una bella giornata, c'era una leggera brezza che solleticava il volto. Preferii non rimanere lì imbambo-

第一次看到美棠时之印象

Il primo momento in cui rividi Meitang.

lato e seguii mio padre nel salone centrale. Il signor Sixiang e sua moglie arrivarono per darci il benvenuto e chiamarono Meitang per un saluto.

Mi sedetti, mio padre tirò fuori un anello, acquistato da mia madre quando era ancora in vita, e lo diede al suo amico Sixiang, che prontamente lo consegnò a Meitang, infilandoglielo al dito. E così il nostro fidanzamento fu ufficiale.

Mio padre dà l'anello di fidanzamento a Sixiang.

Ci sedemmo a mangiare e a parlare. Il mio futuro suocero fu così gentile da portarci una zuppa di pollo e poi si rivolse a me: "Gradisci una sigaretta? Qualcosa da bere?" Risposi che non fumavo e non bevevo alcolici, anche se non era del tutto vero; ma si trattava di un'occasione speciale e non sentii il bisogno di dare una risposta più dettagliata. "Fantastico, bene!" fece lui.

Mentre mio padre e Sixiang parlavano dei vecchi tempi, colsi l'occasione per dare un'occhiata in giro. Vidi Meitang e sua sorella Yutang sedute sul divano mentre gli altri bambini della famiglia, Shuntang, Xiaotang e Aitang, sedevano tutti insieme su dei bassi sgabelli, squadrandomi incuriositi.

Calata la sera, papà salutò tutti per tornare alla locanda Gaosheng. Il giorno dopo sarebbe ripartito per Nanchang. Io invece rimasi ancora, per avere la possibilità di chiacchierare con Meitang e giocare con i bambini. Meitang mi mostrò un mucchio di foto che aveva scattato a Hankou e io ne scelsi qualcuna da portare via con me. Ce n'era una a colori che mostrava Meitang sorridente. La presi e la misi via, insieme ad altre, così una volta tornato alla base militare avrei potuto mostrarle ai miei compagni.

A quel tempo Meitang era piuttosto magra. Venni a sapere che poco tempo prima aveva contratto la malaria e che era appena guarita. Nonostante fosse ancora convalescente, aveva un bell'aspetto ed era di buon umore. Le piaceva molto cantare, così prese della carta da giornale e la arrotolò a forma di cilindro, fingendo che fosse un microfono. Si mise a cantare le canzoni di moda a quel tempo: *Sotto una luna d'argento*, *Il volo della fenice*, *Profumi di notte*, *Solo per una notte*.

Quella sera mi fermai a dormire a casa di Meitang e due donne di servizio, Peng e Li An, mi prepararono il letto. Li An era la concubina di Yu Xiuan, un cugino di Meitang, ma si trovava ospite a casa di Meitang perché aveva litigato con la moglie ufficiale, Dong Yun. Le due donne mi aiutarono a sistemare il letto, misero un tappetino per terra e uno zampirone acceso sul comodino per tenere lontane le zanzare. In seguito Meitang mi disse che Li An le aveva detto di aver addirittura spruzzato dell'acqua di colonia sopra il cuscino. A parte ciò, la stanza in cui mi trovavo era del tutto spoglia. Trascorsi la notte con la mente piena di pensieri.

A quel tempo i genitori di Meitang abitavano in affitto in quella casa a Linchuan perché, visto che avevano più di cinquant'anni e il fratello della madre, Li Yuanxin, era un medico molto rinomato, conveniva loro abitare nelle vicinanze del dottore in caso di emergenza. Meitang non aveva un fratello più grande, perciò io avrei avuto il compito di prendermi cura della famiglia e fare da guida ai fratelli più piccoli durante la loro crescita. Una responsabilità non da poco!

Appena fece giorno mi misi a esplorare la casa. Le stanze dell'ala ovest erano occupate dai miei futuri suoceri, mentre agli altri membri della famiglia erano assegnate varie stanze nel resto della villa. In uno dei cortili, alcuni scalini conducevano al salotto, fiancheggiato da stanze su entrambi i lati: quelle a destra erano piene di cianfrusaglie ammassate, quelle a sinistra erano riservate a Yutang, la sorella maggiore di Meitang, che aveva allora ventiquattro anni e, soffrendo di continui disturbi e di depressione, trascorreva il tempo chiusa nella sua camera. Ignaro di tutto ciò, aprii la porta della sua stanza e la vidi sdraiata sul letto sfatto, con il viso rivolto verso il muro; una figura terribilmente magra, avvolta in una coperta ricamata con allegri fiori rossi. Era una vista così penosa che non resistetti a lungo, chiusi la porta e me ne andai.

In fondo al cortile c'era un muro con una porta che dava su un piccolo giardino. I muri a sud e a est erano occupati da portici, il resto erano solo pareti imbiancate.

Nel giardino c'erano fiori e arbusti, una vasca per i pesci e delle panchine in pietra. L'effetto generale era davvero gradevole. Al centro, un robusto albero di pomelo, di cui mi offrirono i frutti. Tuttavia, ogni cosa emanava un'aura di trascuratezza.

Anche il cortile non sembrava in perfetto ordine: a terra c'erano detriti e piastrelle rotte e dell'erbaccia alta che non aspettava altro che di essere tagliata, con una dozzina di galline che razzolavano allegramente.

2
1
5
7
3
4
8
11
14
12

临川美棠家住宅之示意图

Mappa della casa a Linchuan
1. Entrata. **2.** Tavolo da pranzo quadrato. **3.** Letto in bambù. **4.** Piccoli sgabelli. **5.** La camera dei miei suoceri. **6.** La camera della domestica. **7.** Una camera vuota. **8.** Il piccolo cortile. **9.** Camera di Yutang. **10.** Ripostiglio. **11.** Corridoio esterno che conduce al giardino. **12.** Albero di pomelo. **13.** Polli e galline. **14.** Vasca con i pesci rossi.

Il terzo giorno ci mettemmo tutti in viaggio per Nanchang per festeggiare il matrimonio di mio fratello. Arrivati a Nanchang, i genitori di Meitang presero una stanza in un hotel a Jiangxi mentre Meitang decise di rimanere a casa del marito di mia sorella per essere più vicina a me. Veniva ogni giorno ad aiutarci con i preparativi. Il giorno del matrimonio tutte le donne di casa si erano radunate intorno alla sposa mentre si agghindava. Meitang aveva da sempre una passione per i prodotti di bellezza e gli abiti alla moda, e si rese particolarmente gradita aiutando la sposa a truccarsi e a sistemarsi i capelli, e consigliandola nella scelta dei gioielli.

1946年夏天，南昌繁华路段的街景

Una delle strade più trafficate di Nanchang nell'estate del 1946
Testo sulle insegne: "Tutto al 20% di sconto" (*a sinistra*).
"Prezzi stracciati per 100 giorni" (*a destra*).

南昌著名的点心——吊炉烧饼

Le tortine di semi di sesamo, il dolce più famoso di Nanchang.

美棠和我常到湖滨公园去乘凉

Io e Meitang ai Giardini del Lago per goderci un po' d'aria fresca.

Giardini del Lago a Nanchang nell’estate del 1946
“La luna e i sassi sono i testimoni del mio amore eterno.
Da oggi in poi l’orizzonte del mare anche lo saprà.
Fino alla morte, il mio amore per te mai cambierà.”

In quelle settimane a Nanchang, Meitang rimaneva a casa tutto il giorno ad aiutare con le faccende. La sera, la portavo in giro per le strade di Nanchang, Ximachi e Zhongshan, piene di negozi e locali. C’erano sia negozi famosi, che vendevano abiti alla moda molto costosi, sia ristoranti. Erano strade vivaci non perché passassero macchine di lusso, bensì per la folla di gente che passeggiava avanti e indietro, chiacchierando del più e del meno.

在四照楼露天茶座品茶

La sala da tè all'aperto.

Io e Meitang bighellonavamo in giro, poteva capitare che comprassimo qualcosa che ci piaceva oppure che entrassimo in un ristorante se avevamo fame.

Nella parte Est di Ximachi non c'erano negozi e la folla si assottigliava. Proseguendo ancora un po', si arrivava ai Giardini del Lago, così chiamati per il grande lago con un padiglione al centro, e tutt'intorno alle sue rive una distesa di alberi che offrivano riparo sotto i loro rami intrecciati. Spesso passeggiavamo di sera, ammirando l'effetto magico creato dalla luce dei lampioni attraverso le fronde.

Al centro del parco c'era una sala da tè all'aperto, uno strano posto con ghirlande di luci colorate sistemate sulle cime degli alberi, e sul prato sedie e tavolini dove veniva servito il tè verde. Restavamo seduti lì a parlare e rilassarci fino a tarda notte.

Un giorno, invece, mia sorella e suo marito Luo Jingqing ci invitarono per un tè al Shizao, a quel tempo una delle sale da tè più rinomate di Nanchang. La sala era disposta su due piani e d'estate aggiungevano qualche tavolino in più fuori, con le stesse decorazioni luminose e le stesse sedie in rattan presenti alla sala da tè dei Giardini del Lago, ma una maggior varietà di cibi e bevande. Mangiammo e parlammo, gustandoci una leggera brezza, senza accorgerci del tempo che passava. Al momento di andarcene, insistetti per pagare il conto, nonostante fosse stato Luo Jingqing a invitarci. Meitang mi prese in giro a lungo per quell'incidente, diceva che era la prova di quanto fossi poco sofisticato all'epoca.

我站在九江开往镇江的轮船甲板上，看着
那"滚滚长江东逝水"，憧憬着未来

Io sul ponte della nave a Jiujiang che osservo il fiume Yangtze,
lo sguardo lontano e il pensiero al futuro.

把美棠的照片拿给战友们看

Mostro le foto di Meitang ai miei compagni.

Il matrimonio di mio fratello fu celebrato e il mio periodo di congedo ebbe termine. Meitang tornò a Linchuan con la sua famiglia, ma io conservai e portai con me in caserma le fotografie che la ritraevano. Il plotone d'artiglieria della 63ª brigata si era già spostato per tornare alla base militare di Taizhou, perciò rifeci il percorso che avevo già fatto all'andata: a Jiujiang presi il battello per Zhenjiang, ma questa volta mi imbarcai alle dieci del mattino. Mi sistemai sul ponte ad ammirare il paesaggio che scorreva davanti a me con il fischio del battello in sottofondo. Sul fiume solo la nave smuoveva le acque, rese scintillanti dal riflesso del sole. Erano lo stesso fiume e la stessa nave di quando ero arrivato, ma erano i miei pensieri ad essere cambiati. Prima di incontrarla, non avevo paura di morire o di andare in guerra in posti lontani così come non mi preoccupava il trascorrere del tempo. Adesso cominciavo a guardare al mio futuro più consapevolmente. Tornato dai miei compagni, la prima cosa che feci fu tirare fuori le foto di Meitang e mostrarle a tutti.

Il plotone di artiglieria era ora di stanza fuori dalla porta sud di Taizhou, nel distretto di Jichuan. Gli alloggi lì non erano niente male, con tanto di vasi di fiori e bonsai; le porte erano di un rosso vivace e c'erano caratteri cinesi dipinti ovunque. La casa apparteneva senz'altro a una famiglia ricca. Io dormivo nella prima stanza a sinistra, vicino all'entrata. Sulla parete avevo attaccato la foto a colori di Meitang. Il mio letto era appoggiato al muro e davanti c'era un tavolino quadrato rosso. Era lì che scrivevo le lettere a Meitang, lunghe non meno di tre o quattro pagine, dove raccontavo le mie giornate e i miei progetti futuri. Poi le spedivo. La figlia del padrone di casa aveva più o meno sedici anni e andava al liceo. A volte veniva nella mia stanza per parlare del più o del meno. Era una ragazza chiara di carnagione e paffutella, bassa di statura, dall'aria innocente. Ogni volta rimaneva in piedi, appoggiata al tavolo, distante da me e chiacchieravamo. Un giorno notò la fotografia appesa alla parete e mi chiese chi fosse quella ragazza. Le dissi che era la mia futura sposa. La fissò ancora una volta e dopodiché non si presentò più in camera.

L'atmosfera che si respirava in caserma era triste e deprimente, l'euforia per la vittoria sui giapponesi era passata in fretta. Si diceva che i negoziati tra il Kuomintang, ossia il Partito nazionalista, e i comunisti si fossero interrotti senza raggiungere nessun accordo e si temeva una nuova guerra. Come previsto, infatti, scoppiò la guerra civile. L'83ª divisione venne destinata al Nord e un pomeriggio d'autunno anche il plotone d'artiglieria della 63ª brigata partì. Gli abitanti del villaggio, con i quali avevamo stretto amicizia, vennero a dirci addio, tristi. Io fui l'ultimo ad andarmene. In groppa al mio adorato destriero australiano, diedi un ultimo sguardo alla città di Taizhou, immersa nella nebbia fitta, pensando che molto probabilmente non ci sarei più ritornato.

Per i soldati in marcia morire durante il tragitto era piuttosto normale e a questo proposito vorrei raccontare un episodio che potrà sembrarvi fantascienza, ma non lo è proprio.

Una volta, durante la guerra a Yancheng, io e il comandante Liu Hengxin ci trovammo in un campo di sorgo e usammo una baracca come punto di osservazione. La baracca aveva una finestrella quadrata e facevamo i turni di guardia: quando io ero alla finestra, lui se ne stava seduto di fronte. Il paesaggio circostante, una distesa piatta di campi con qualche solco in mezzo, ci lasciava completamente esposti. Improvvisamente tutt'intorno alla capanna caddero pallottole. Stavo per alzarmi per dare il cambio a Liu, quando all'improvviso entrò dalla finestra un proiettile che perforò la parte destra del suo cappotto uscendo poi dalla parte sinistra, lasciandogli due buchi. Per fortuna, il comandante rimase illeso.

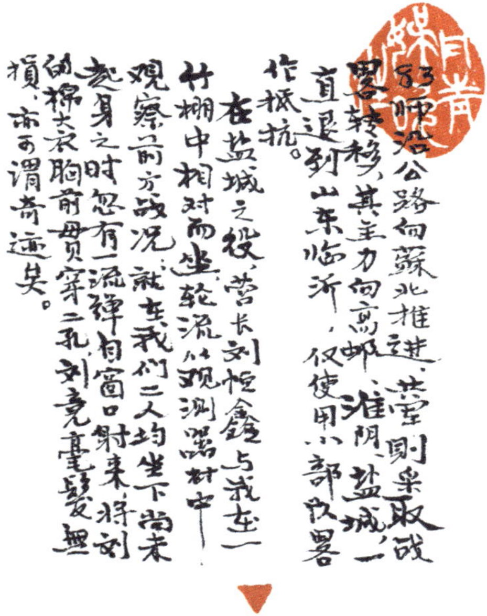

L'83ª divisione avanzò verso nord. L'esercito nemico cambiò strategia ritirando a Linyi, nello Shandong, le truppe che avevano stazionato nelle città di Gaoyou, Huaiyin e Yancheng e oppose una leggera resistenza.

Una volta, durante la guerra a Yancheng, io e il comandante Liu Hengxin ci trovammo in un campo di sorgo e usammo una baracca come punto di osservazione. La baracca aveva una finestrella quadrata e facevamo i turni di guardia. Stavo per alzarmi per dare il cambio a Liu, quando all'improvviso entrò dalla finestra un proiettile che perforò la parte destra del suo cappotto uscendo poi dalla parte sinistra, lasciandogli due buchi. Per fortuna, il comandante rimase illeso.

Durante l'inverno del 1946, l'83ª divisione raggiunse Linyi, nello Shandong. La città era quasi completamente deserta. Io stesso ero andato in perlustrazione per le viuzze del paese e non si vedeva anima viva. Ma i muri erano pieni di slogan di propaganda che dichiaravano che il Kuomintang non voleva la guerra, o che le truppe del Partito comunista trattavano bene i prigionieri. Due settimane dopo il nostro arrivo, gli abitanti che erano fuggiti tornarono in città, e la vita riprese il suo corso abituale. I soldati della 63ª brigata ricevettero l'ordine di difendere la città e rafforzarne le difese.

Arrivò presto il nuovo anno ma nessuno sembrava aver voglia di festeggiare. Le campagne militari andavano avanti da molto e se non ci eravamo sottratti al nostro dovere di difendere la patria dall'invasione giapponese, ora che il nemico era stato sconfitto tutti avremmo voluto tornare a casa dalle nostre famiglie. Nessuno si sarebbe aspettato un nuovo conflitto, non si sapeva quanto sarebbe durato, né tantomeno a quale sorte andavamo incontro.

Tra le schiere dei soldati semplici il sentimento di avversione per la guerra si faceva sempre più forte. La mattina del primo dell'anno, nella periferia della città, udii il rumore di alcuni spari provenienti da ogni direzione e anche una scarica di mitragliatrice. Erano alcuni soldati che, non disponendo di petardi o fuochi d'artificio, avevano sparato in aria qualche colpo come buon auspicio per il nuovo anno.

Era ovviamente contro le regole, ma per quella volta i superiori lasciarono correre. L'anno nuovo ci fu qualche cambiamento ai vertici del battaglione e così un pomeriggio mi ritrovai in un palazzo di mattoni e il comandante Pu Yunlong mi presentò ai suoi soldati dicendo: "Vi ho trovato un comandante eccezionale!"

Un ristorante a Linyi, dove invitavo spesso gli amici.

La voglia di disertare era diventata molto comune tra le truppe. A quei tempi il trattamento riservato ai militari non era dei migliori: mancavano le armi, le condizioni di vita erano pessime e a volte scarseggiava addirittura il cibo. Fu in questa situazione che nacquero i famosi "soldati fantasma". Praticamente si compilava il registro dei salari falsificando il numero dei soldati realmente presenti in modo che alla fine i soldi, i viveri e l'equipaggiamento forniti in più venissero spartiti tra i commilitoni. Questa procedura avveniva con la complicità di tutti (bastava non esagerare), perché tanto non si andava a intaccare gli stipendi degli altri militari.

临沂北门一家饭店——
我常常请客的地方

Quando ero a capo dell'artiglieria, avevo un plotone di poco più di sessanta soldati e ne dichiaravo cinque o sei in più. Semplicemente aggiungevo gli extra alle razioni dei miei uomini e mi informavo se ciò era sufficiente. In caso non lo fosse, dichiaravo ancora qualche uomo in più, rassicurando i miei sottoposti sul fatto che sarei stato io a finire davanti al plotone di esecuzione, se si fosse arrivati a tanto.

Fu così che dal 1944 nessun soldato del mio plotone disertò. Sembrava quasi un miracolo, o almeno questo disse Pu Yunlong quando lo venne a sapere. Non aspiravo a diventare "un comandante eccezionale": sentivo che il mio dovere era provvedere al cibo e alle necessità dei miei soldati perché dopotutto rischiavano la loro vita per il bene della Cina.

All'inizio dell'estate del 1947, sotto il generale Tang Enbo la 74ª divisione occupò la cima del monte Mengliang, mentre l'83ª e la 25ª avrebbero occupato le alture di fianco così da fare scudo protettivo per i compagni. La 63ª brigata ricevette l'ordine di occupare le montagne e per circa un mese non ci fu alcun movimento. In quei giorni senza combattimenti i soldati avevano preso l'abitudine di ballare, come facevano anche le truppe americane. Per l'occasione si allestiva un salone abbastanza pulito: per terra si buttava del talco, sul tavolo era posizionato un giradischi e lungo il muro c'era una panca per riposarsi. Mentre la musica risuonava nel salone, tutti noi sapevamo in fondo che il nemico avrebbe potuto attaccare da un momento all'altro. Curioso pensare che la notte tutti noi ballassimo spensierati e magari il giorno dopo, così all'improvviso, saremmo potuti morire.

Fu in quel periodo che furono consegnati alla 63ª brigata quattro cannoni anticarro americani 37 mm. Il 15 maggio la brigata mi nominò comandante di una compagnia anticarro. Dovevamo tornare a Linyi per prendere munizioni, attrezzature ed equipaggiamento. All'alba del 16 maggio mi trovai a capo della spedizione. Avevamo tempi stretti: a mezzogiorno attraversammo un grande villaggio chiamato Guanzhuang. Eravamo a metà strada da Linyi quando scorgemmo i carri dell'83ª divisione avanzare in direzione opposta a noi, pieni di rifornimenti da portare al fronte.

Alle due del pomeriggio la situazione cambiò. I camion cambiarono strada e ritornarono verso Linyi. Ci dissero che il villaggio di Guanzhuang era stato occupato dalle truppe del Partito comunista impedendo il passaggio e tagliando così la linea di approvvigionamento dell'83ª divisione.

Venne fuori che la stessa sera in cui avevo lasciato il comando della compagnia al comandante Lou, le truppe del Partito comunista avevano lanciato un attacco contro l'83ª divisione, per impedire che si recasse in soccorso della 74ª. Per quattro giorni la 74ª divisione fu circondata a Mengliang e alla fine le scorte di cibo e acqua terminarono e l'83ª divisione fu quindi troppo impegnata a garantire la propria sopravvivenza per potersi preoccupare di correre in aiuto dei compagni.

Faceva molto caldo all'inizio dell'estate. Erano già le cinque del pomeriggio quando arrivai a cavallo con i miei uomini a Linyi. Era stato soleggiato e caldo per tutto il giorno, quando il tempo improvvisamente cambiò: il cielo si coprì di nuvole grigie. Cominciò a tirare un forte vento che alzò molta polvere e da lontano si sentivano i tuoni farsi sempre più vicini. Subito dopo cominciarono a piovere grossi chicchi di grandine che sbattevano contro i tetti provocando un forte rumore.

Io mi riparai sotto una grondaia a osservare i granelli di grandine, grandi come fagioli, che sembravano spaccare le tegole dei soffitti davanti a me per poi rimbalzare a circa settanta centimetri d'altezza.

Poco dopo arrivò un soldato della 74ª brigata d'artiglieria, era sfuggito all'accerchiamento e ci comunicò che le sue truppe erano state completamente annientate. Secondo quanto ci disse, il comandante Zhang Lingfu e il suo vice, il capo di stato maggiore e il suo vice e altri alti gradi erano "morti per la patria" dopo aver scritto le proprie "lettere suicide", consegnate a un ufficiale poco prima dell'attacco.

A quanto pare, quando ormai le truppe del Partito comunista erano a duecento metri di distanza, i membri del quartier generale, tra cui Zhang Lingfu, si misero in fila, poi Zhang ordinò a un ufficiale di sparare a lui e agli altri, ad uno ad uno. Dopo aver eseguito l'ordine, l'ufficiale si era suicidato. Gli altri comandanti e i loro soldati avevano fatto altrettanto, trovando la morte in combattimento o suicidandosi. Una scena spaventosa.

史之光加味精于汤中

La zuppa di Shi Zhiguang con qualche goccia di Ajinomoto.

Continuò a grandinare per altre due ore, poi smise lentamente. In seguito, il mio attendente Chen Xusheng ci scherzò un po' su: "Il comandante Rao ha la fortuna dalla sua parte. È rimasto un mese sulla montagna senza che nulla accadesse. La stessa sera in cui il capitano Lou è arrivato a sostituirlo è successo il finimondo!"

Se avessi avuto solo me a cui pensare, avrei considerato un onore morire sul campo di battaglia, proprio come dicevano gli antichi proverbi. In quel caso, però, la storia tra me e Meitang non avrebbe avuto un seguito. E forse era destino che andasse così, forse eravamo destinati a sposarci. O forse "tutto è casuale".[4]

Nonostante la guerra fosse quasi giunta al termine, io e Meitang continuavamo a scriverci e lei allegava anche qualche foto alle sue lettere. Fu allora che cominciai a pensare che il motivo per il quale ero entrato nell'esercito era la guerra contro i giapponesi; non volevo combattere contro i miei connazionali. Era più facile ottenere un congedo come ufficiale di stato maggiore piuttosto che come ufficiale dell'esercito. A quel tempo ero comandante del 56° reggimento, 19ª brigata, e conoscevo molto bene il capo di stato maggiore, Shi Zhiguang. Mi consultai con lui sulla possibilità di essere trasferito nel quartier generale della brigata come ufficiale di stato maggiore e un mese dopo chiedere il congedo per il matrimonio. Shi Zhiguang informò subito il comandante Zhao Yao. Zhao era un tipo molto schietto, bravo nel suo lavoro, e accolse la mia richiesta. Sbrigai le faccende burocratiche e poi andai con il mio attendente Chen Xusheng al quartier generale per registrarmi. Al momento della partenza, tutta la mia divisione si mise in fila per salutarmi. Il capo del plotone singhiozzava e aveva la voce rotta dell'emozione, e alcuni soldati trattenevano a stento le lacrime proprio come me.

La residenza degli ufficiali di stato maggiore non aveva modo di farsi mandare più viveri e così per un mese non mangiai né carne né pesce, ma solo delle verdure cotte o zuppa di uova. Shi Zhiguang, da bravo comandante, fece del suo meglio per rimediare. Prima di ogni pasto correva in camera sua a prendere una bottiglietta di Ajinomoto e ne metteva un cucchiaino nel brodo. Non aveva abbastanza soldi per comprare più cibo, poteva solo aggiungere un po' di sapore a quello che avevamo.

Il mese era quasi passato, così scrissi la mia richiesta di congedo per il matrimonio e la consegnai a Shi Zhiguang. Dopo averla firmata, la passò a Zhao Yao il quale la approvò seduta stante. Due giorni dopo avevo i documenti per andare in licenza: un foglio di viaggio ufficiale, su cui c'erano il sigillo della 19ª brigata e la firma di Zhao Yao.

在新安镇约一个月，我即写请婚假退家的报告。交上报告后的第三天，19旅即接到命令：立即开赴徐州，空运至济南增援王耀武兵团。旅长赵尧对我说：「你就不用去了。」是晚，全旅人马登上火车。我带着简单行装，坐在最后一节车厢的后端。在前端有七八个人也带着行李，是赵尧的家属及随从人员。次日上午车到徐州，部队开赴机场，我则南下回家。

史之光因报考陆军大学，亦未随军空运至济南。后来史又在美国参谋学校学习。回台后，升任陆军少将，担任国防部史政编译局局长。

Rimanemmo nella città di Xinan per circa un mese. Feci richiesta per il congedo. Il terzo giorno dopo averlo ottenuto, la 19ª brigata ricevette l'ordine di partire immediatamente per Jinan come rinforzo alle truppe di Wang Yaowu che erano state circondate sul posto. L'unica soluzione era prendere l'aereo da Xuzhou, in quanto nessuna strada era più percorribile. Il comandante Zhao Yao mi disse: "Non c'è bisogno che tu vada con loro!" La sera stessa, tutta l'armata salì sul treno diretto a Xuzhou. Io presi il mio bagaglio e mi sedetti in fondo, nell'ultimo vagone. Davanti a me c'erano circa sette persone con la propria valigia, tra cui la famiglia di Zhao Yao. La mattina seguente arrivammo a Xuzhou e a questo punto le truppe partirono per l'aeroporto mentre io mi diressi verso casa.

Il giorno successivo, la 19ª brigata ricevette l'ordine di partire immediatamente per Jinan come rinforzo alle truppe di Wang Yaowu che erano state circondate. L'unica soluzione era prendere l'aereo da Xuzhou, in quanto nessuna strada era più percorribile.

Zhao Yao mi disse: "Non c'è bisogno che tu vada con loro!" Se l'ordine fosse arrivato tre giorni prima, non avrei avuto il coraggio di tornare a casa. E alla fine, probabilmente, la mia storia con Meitang avrebbe dovuta essere riscritta o non essere scritta per niente.

La sera stessa, tutta l'armata prese il treno diretto a Xuzhou. Io e Chen Xusheng salimmo su uno degli ultimi vagoni e ci sedemmo in fondo. Anche se cominciava a fare buio, notai in lontananza qualcuno salire e prendere posto davanti a noi: erano la moglie, i figli e gli assistenti di Zhao Yao che si preparavano per tornare a casa. Per tutto il viaggio rimanemmo seduti senza rivolgerci quasi la parola, ascoltando solamente il fastidioso stridio delle ruote sulle rotaie.

Il treno arrivò alla stazione di Xuzhou alle dieci circa. La 19ª brigata si avviò senza fermarsi verso l'aeroporto, mentre la famiglia di Zhao Yao si affrettò nella direzione opposta. Io e Chen salimmo su un treno diretto a sud e arrivati a Nanjing ne prendemmo un altro per Nanchang.[5]

Era il luglio del 1948 quando arrivai finalmente a casa.

Il mio matrimonio con Meitang fu fissato per la metà di agosto, dovevamo darci da fare con i preparativi. Avremmo abitato nell'ala ovest del terzo cortile. Le mura, fatte di calce, erano così sporche che dovetti dare ben due strati di vernice bianca. Presi della carta di giornale e tappezzai la parete posteriore: almeno ora aveva un aspetto migliore. Mio padre e le mie due zie ci comprarono un letto di legno e un armadio abbastanza capiente. Gli altri, invece, chi un tavolino da tè, chi un tavolo rotondo con delle sedie. Ne avevamo bisogno anche se non intendevamo stabilirci lì per sempre.

美棠和我在洗马池买瓷器

Io e Meitang di fronte a un negozio di porcellane.

Un giorno, il capo plotone d'artiglieria della 63ª brigata, Su Liansheng, si presentò a casa mia con alcune novità. La compagnia di cui era a capo, una cinquantina di soldati, si trovava a Nanchang in quel periodo. Alloggiavano al liceo Xinyuan da circa un mese. Li andai a trovare per parlare dei vecchi tempi e siccome avevano saputo che stavo per sposarmi, mi regalarono una *bianpai*, ossia una grossa targa segno di buon auspicio.

Qualche giorno dopo io e mia sorella ci recammo a Linchuan a prendere Meitang e la sua famiglia. La sua dote era già pronta, ma mancava ancora qualcosa, e ci ritrovammo di nuovo a Ximachi a fare acquisti.

美棠和我买回来的"古董"饭碗
Le ciotole di riso che io e Meitang avevamo comprato.

Un giorno andammo a fare spese con mio fratello minore, sua moglie e il loro figlio Yin Ceng, di appena un anno. Davanti a un negozio che vendeva articoli in porcellana Yin Ceng scoppiò subito a piangere perché non voleva entrare. Perciò rimasero tutti e tre fuori mentre io e Meitang compravamo due ciotole piuttosto costose. Tornati a casa, il mio futuro suocero, vedendo cosa avevamo comprato, si mise a ridere e ci disse che non capivamo nulla di porcellane, perché si trattava di ciotole in stile "finto antico" di pessimo gusto. Alla fine anche noi lo trovammo divertente.

In un'altra occasione, sempre mio suocero portò la sua famiglia a mangiare in un ristorante nuovo e molto raffinato. A quel tempo non era ancora consuetudine portarsi a casa il cibo che non si era riusciti a finire, quindi la mamma di Meitang mandò qualcuno a dirmi di raggiungerli e aiutarli a finire gli avanzi. Accorsi subito e, non appena vidi che c'era ancora tanto cibo sulla tavola, mi abbuffai. Finito di mangiare insistetti per pagare il conto. Riuscii a sentire mio suocero prendermi in giro con la moglie: "L'hai invitato all'ultimo e ora paga pure il conto!"

新雅飯店的早餐

Il pranzo al nuovo ristorante.

In via Zhongshan c'era un grosso centro commerciale chiamato Guang Yi Chang. Il proprietario era un amico di vecchia data di mio padre, un cantonese di nome Cao Jichu, che lo aveva assunto come consulente legale. Nel centro commerciale c'erano moltissimi reparti, si poteva trovare di tutto: negozi di seta e raso, di abbigliamento, di scarpe ma anche un cinema e qualche ristorante dove mangiare lo stufato di carne con salsa di soia, piatto tipico del Guangdong, diventato molto popolare a Nanchang. Un giorno portai Meitang e la sua famiglia in un ristorante del centro com-

老东家

Lo chef del ristorante che in passato aveva lavorato per mio suocero.

merciale a mangiare i tipici noodles di Nancheng e così per caso scoprimmo che il capocuoco era lo stesso chef che mio suocero aveva assunto in passato quando gestiva l'erboristeria Mao Fuchun. Non appena lo riconobbe, lo chef esultò di gioia e venne a salutarci e fare due chiacchiere. Poi tornò in cucina a preparare i noodles. Quando arrivarono in tavola, li guardammo sorpresi: i piatti erano colmi di polpette di carne fumanti, oltre al brodo e ai noodles, il che probabilmente era un modo per esprimere gratitudine e affetto nei confronti di un amico di vecchia data.

Il giorno del nostro matrimonio si avvicinava.

La vigilia della cerimonia, mentre ero seduto da solo al tavolo rotondo della nostra camera, pensai a mia madre. Se fosse stata lì, quel giorno, e avesse visto suo figlio sposarsi e mettere su famiglia, sarebbe stata così felice dell'uomo che ero diventato.

Me ne stavo lì, chino sul tavolo, con il volto triste e le lacrime agli occhi, quando entrò mia zia. Mi confortò con così tanta gentilezza e premura che, pian piano, mi rilassai e le lacrime sparirono.

La mattina seguente, gli abitanti di Chenjiaqiao arrivarono al Grand Hotel Jiangxi con le decorazioni e tutto il necessario per il matrimonio. Era lì che alloggiavano i miei futuri suoceri. Meitang si stava preparando in una delle camere con l'aiuto di mia sorella. Sul piccolo cortile, all'ingresso dell'hotel, si affacciavano un barbiere, uno studio fotografico e un negozio che affittava abiti da sposa. Mentre io ero dal barbiere per una spuntatina, Meitang sceglieva l'abito da sposa nel negozio accanto.

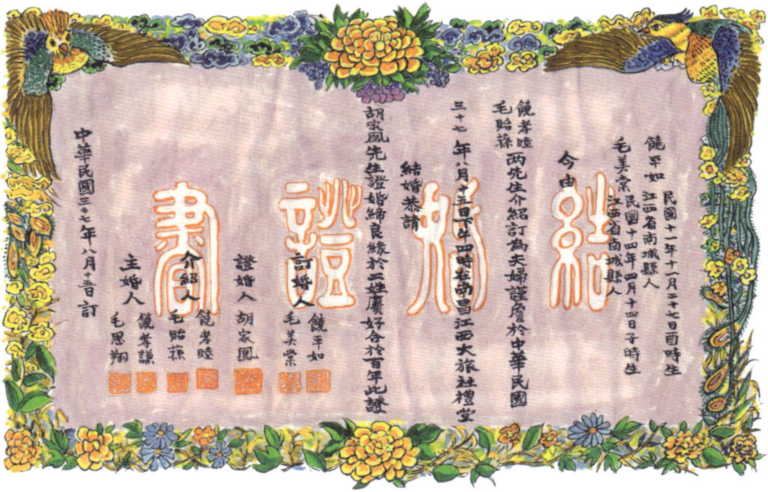

Partecipazione di r ozze: Rao Pingru, nato nell'ora "you", il 27 novembre, l'undicesimo anno della Repubblica, nella contea di Nancheng, provincia di Jiangxi.

Mao Meitang, nata nell'ora "zi", il quattordicesimo giorno del quarto mese, nel quattordicesimo anno della Repubblica, nella contea di Nancheng, provincia di Jiangxi.

I due gentiluomini, Rao Xiaomu e Mao Yisun, che hanno fatto conoscere la coppia, sono lieti di presentarli al loro matrimonio, nella quarta ora del pomeriggio del quindicesimo giorno dell'ottavo mese nel trentasettesimo anno della Repubblica, presso il Grand Hotel Jiangxi, Nanchang.

Siete gentilmente invitati alla cerimonia.

Il signor Hu Jiafeng presenzierà come testimonr e spera che entrambe le famiglie possano avere benefici da questa unione; che possa questa felicità durare cent'anni.

I fidanzati: Rao Pingru, Mao Meitang

Il testimone: Hu Jiafeng

La coppia sarà presentata da: Rao Xiaomu e Mao Yisun

Presiedono: Rao Xiaoqian e Mao Sixiang

La cerimonia si terrà il quindicesimo giorno dell'ottavo mese del trentasettesimo anno della Repubblica.

La sala del matrimonio nel Grand Hotel Jiangxi. Al centro del palco c'è il testimone di nozze, all'epoca governatore della provincia di Jiangxi, Hu Jiafeng. Quello alla sua destra è mio padre, mentre alla sinistra c'è il maestro delle cerimonie. Mio cugino, che mi fa da paggetto, ha sedici anni; la damigella della sposa ne ha quattordici.

L'architettura dell'hotel era in stile occidentale: la sala d'ingresso alta e spaziosa, al centro una grossa fioriera con ogni varietà di piante e da entrambi i lati un corridoio con colonne. Alzando la testa si poteva vedere il cielo, perché il soffitto era di vetro. Quel giorno il sole splendeva, illuminando la scena del matrimonio. La sala era già stata addobbata per l'occasione: un tappeto rosso al centro portava a un tavolino rettangolare con una tovaglia di seta rossa e il certificato di matrimonio, il sigillo mio e quello di Meitang con l'inchiostro rosso che avremmo usato per la firma, e ai lati due grandi candele rosse della felicità.

Come testimone scegliemmo Hu Jiafeng, il governatore della provincia di Jiangxi, un vecchio amico di mio padre. Si erano conosciuti all'università di Beijing dove frequentavano insieme i corsi di Legge e Scienze politiche. Dopo essere diventato governatore, Hu Jiafeng incoraggiò mio padre a lavorare per lui e così mio padre diventò senatore della provincia di Jiangxi. Hu Jiafeng era una persona onesta e dignitosa e quando era ancora primo segretario del governo provinciale la sua famiglia era così povera da non riuscire a pagare le bollette della luce. La compagnia, perciò, gli tagliò la corrente come da contratto. In meno di un mese, Hu Jiafeng fu promosso a governatore della provincia, gli riallacciarono la corrente e la compagnia elettrica si scusò. La cosa si seppe subito, con gran divertimento di tutti i cittadini di Nanchang, che lodarono l'onestà del loro governatore.

Gli invitati cominciarono ad arrivare uno ad uno, poco più di duecento persone. Secondo la tradizione, lo sposo avrebbe dovuto andare a prendere di persona il testimone di nozze e la macchina privata di Hu Jiafeng era già arrivata. Perciò salii in auto e ci dirigemmo al palazzo del governo. Dalla facciata si poteva intuire che aveva visto tempi migliori: in origine doveva essere stata uno *yamen*, ovvero la residenza ufficiale e centro direttivo dei funzionari di epoca imperiale, ora passata al nuovo governo.

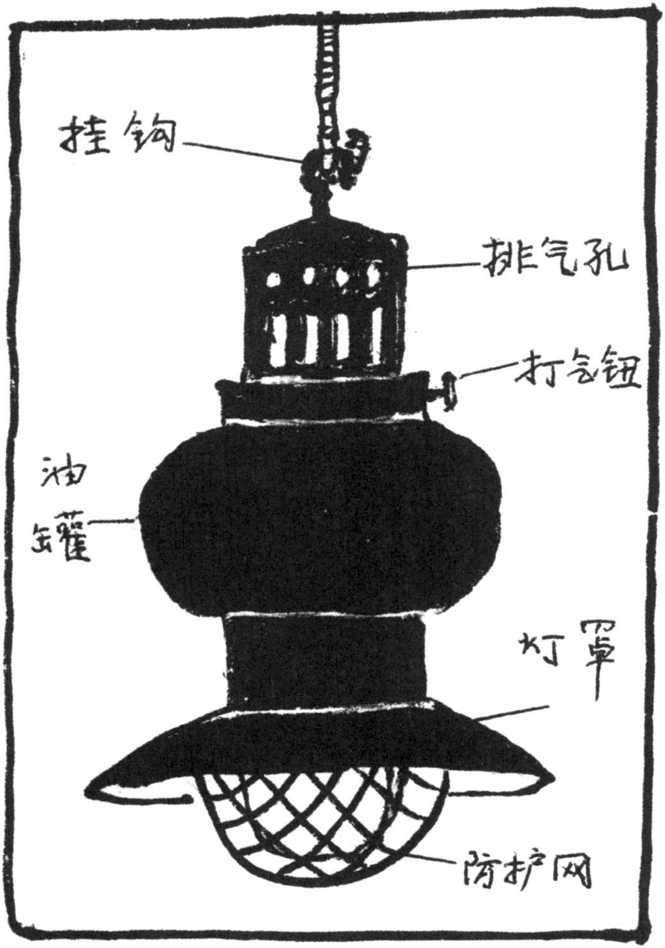

La lampada a gas del matrimonio

Dall'alto a sinistra il gancio, lo sfiatatoio, il pulsante per la pompa, il serbatoio per l'olio, il paralume, la rete di protezione.

Non appena arrivai Hu Jiafeng uscì dal suo ufficio con il tradizionale abito color kaki e salì in macchina. Procedemmo a rilento perché in strada erano accorse molte persone curiose di vedere il governatore. All'arrivo mio padre lo accolse all'entrata insieme ad altri amici e familiari. Il governatore entrò per primo, seguito poi da tutti gli altri invitati. Il suo arrivo destò in tutti i presenti un senso di piacevole eccitazione.

Io e Meitang eravamo in piedi di fronte all'altare, uno accanto all'altra. Lei indossava un lungo vestito bianco, io avevo la tradizionale uniforme militare color kaki, in stile americano, molto popolare tra i soldati dell'epoca. Accanto a me c'era mio cugino e accanto a lei sua cugina, i due piccoli paggetti. Hu Jiafeng stava invece al centro di fronte a noi mentre alla sua destra c'era mio padre e alla sua sinistra il maestro delle cerimonie. Ricordo anche le parole di quest'ultimo: "Prego, il testimone pronunci il suo discorso!" Hu Jiafeng tirò fuori dalla tasca un foglietto e lesse per circa quattro minuti, ma sfortunatamente fece le sue congratulazioni usando espressioni in cinese antico, così noi non riuscimmo a capire una parola. Poi fu la volta di mio padre che, da bravo avvocato, non aveva bisogno di alcun foglietto. Parlò a braccio per un quarto d'ora. Dopodiché il ministro ci chiese di fare un inchino al testimone, come da tradizione, e di imprimere il nostro sigillo sul certificato di matrimonio. La cerimonia era terminata: eravamo marito e moglie.

Come scenografia per la foto ricordo scegliemmo l'ingresso dell'hotel, anche se non era molto spazioso. La porta principale era tutta decorata a festa e si apriva a ventaglio su uno spazio circolare, con una piccola scalinata, una colonna ionica a destra e una a sinistra.

In sessant'anni di matrimonio ne abbiamo passate tante e quella foto è andata dispersa, ma quando ripenso al momento in cui è stata scattata ricordo ancora l'atmosfera di festa che illuminava la scena.

La vita è breve e i bei momenti passano in fretta, come un sogno.
Ricco e onorato, oppure povero e rozzo,
tutto è già predisposto dal Fato.
Perché sprecare energie a combattere il nostro destino?

Poesia di Yuan Haowen

Dopo il matrimonio io e Meitang ci facemmo fare una foto all'ingresso dell'hotel. Quella foto è andata dispersa negli anni, ma il ricordo resta vivo nella mia mente.

Dopo il banchetto nuziale, tutti tornammo a Chenjiaqiao. La sera, gli ospiti entrarono in camera nostra per fare qualche scherzo, come da tradizione. Io e Meitang ci sedemmo sul bordo del letto in attesa di sentire le domande di tutti. Alcuni volevano conoscere i particolari della nostra storia, mentre altri ridacchiavano e si prendevano gioco di noi. Il più insopportabile fu mio cognato Luo Jingqing, quello alto e magro nell'immagine, con il vestito marrone a quadri. Anche mio fratello maggiore, nel disegno quello in abito blu, partecipava alla

闹新房的场面

Il momento degli scherzi e delle domande inopportune ai novelli sposi.

conversazione ma, al contrario, non faceva battute né ci prendeva in giro, bensì cercava di salvarmi dall'imbarazzo. Ogni volta che Luo Jingqing faceva qualche domanda o un commento fuori luogo, mio fratello si alzava e rimediava alle sue parole per non farmi arrabbiare.

Nel salone accanto alla nostra camera, quattro miei vecchi compagni di scuola giocarono a mahjong per tutta la serata, divertendosi come matti.

Scesa la sera, tutti se ne andarono e non si sentì più alcun rumore. I miei suoceri tornarono a dormire in hotel, mentre Meitang rimase a Chenjiaqiao, la sua nuova casa. Suo fratello piccolo, Aitang, fece molti capricci perché non voleva lasciare la sorella, e dovettero portarlo via con la forza.

他不肯回旅社

Aitang non vuole lasciare l'albergo e la sorella.

Il giorno dopo il matrimonio i miei suoceri tornarono a Linchuan e così io e Meitang li salutammo. Qualche giorno dopo, mia zia chiamò per invitarmi a casa sua insieme a Meitang, mio fratello minore e sua moglie Lizhen. In una piccola stanzetta della casa, tirò fuori un pacco e ci disse che era l'eredità che ci aveva lasciato nostra madre. L'aveva custodito a lungo ma, ora che ci eravamo sistemati e avevamo messo su famiglia, poteva finalmente consegnarcelo. Il pacco conteneva circa mezzo chilo d'oro – somma che io e mio fratello dividemmo a metà – e anche due scatoloni pieni di vestiti. Siccome pensava che non saremmo rimasti a lungo a Nanchang, alla fine Meitang scelse il cappotto di pelle di montone di mia madre. Era perfettamente nuovo e valeva un sacco: fuori era color verde chiaro con decorazioni di seta e raso, mentre l'interno era imbottito di lana di pecora. Il resto lo prese Lizhen. Tra le cose che mi stavano più a cuore c'era un piccolo involucro di cotone bianco, che conteneva un quaderno con tutte le poesie che mia madre aveva scritto in vita sua, e altre che io avevo trascritto per lei. Dopo aver chiuso per bene il pacchetto, mia zia lo legò con un sottile nastro blu. Lo presi e lo misi in uno scatolone, ma visto che avevamo tanti bagagli portammo via solo una delle scatole e spedimmo il resto a Nancheng. Casa mia era il posto più sicuro dove conservare quel tesoro. Non sapevamo che non avremmo mai più avuto l'opportunità di tornare a Nancheng. Dopo tutti questi anni, la cosa che rimpiango ancora è che tutte le poesie e gli appunti di mia madre siano andati persi.

姨婶将母亲的遺物分给美棠和丽珍

Mia zia consegna a Meitang e a Lizhen ciò che mia madre le aveva lasciato.

Il tempo insieme è così fuggevole, come dice il poeta Ouyang Xiu. Nel 2008 sono tornato da solo al Grand Hotel Jiangxi. Adesso ospita il Museo nazionale della rivolta, perché fu proprio a Nanchang che l'insurrezione ebbe inizio nel 1927. Anche lo stesso palazzo ha subito nel tempo dei cambiamenti: in passato l'ingresso era più spazioso e aperto, mentre oggi è una stanza quadrata decorata in stile cinese, al centro della quale però ci sono sempre fiori e piante. Il soffitto di vetro è stato sostituito: l'unica cosa rimasta uguale è la luce del sole che illumina la sala dove ci tenevamo per mano.

Per gente semplice come noi la vita è fatta di tante piccole cose che, con il passare del tempo e senza alcuna motivazione apparente, si trasformano in ricordi preziosi.

Capitolo quattro
Un viaggio mano nella mano

Ricordi di Xuzhou

A settembre del 1948 arrivò la notizia che le truppe di Wang Yaowu erano state sconfitte a Jinan, ma l'83ª divisione era ancora a Xuzhou. Io e Meitang valutammo la situazione e decidemmo di andare a vedere cosa stava succedendo.

Un giorno ci svegliammo verso le quattro della mattina e decidemmo di lasciare casa, prendendo con noi solo due valigie. Anche mio padre e mia zia si svegliarono. Io e mio padre ci accomodammo sulla sedia pieghevole che era in salone e parlammo dei vecchi tempi fino a quando non si fece giorno. Dopodiché, io e Meitang salutammo e partimmo accompagnati da Chen Xusheng.

Arrivati a Xuzhou, Chen Xusheng sistemò i nostri bagagli nell'hotel mentre noi andammo a fare una passeggiata tra le vie dei negozi. Più camminavamo e meno ci piaceva quello che vedevamo.

Un giorno, rientrando, trovammo Chen Xusheng molto turbato. Meitang gli chiese cosa avesse. Chen aveva comprato un anello d'oro con tutti i suoi risparmi, ma non riusciva più a trovarlo e non sapeva dove fosse finito o come avesse fatto a perderlo. Meitang si sentì dispiaciuta per lui e così gliene diede uno dei suoi, facendolo felice.

在徐州“空军俱乐部”听唱歌

L’Air Force Club a Xuzhou.

Un altro giorno, invece, sempre mentre passeggiavamo e facevamo spesa, io e Meitang ci imbattemmo in un mio vecchio compagno di battaglia, Zhao Jiuru. Ci invitò a casa sua a mangiare le verdure e i noodles preparati dalla moglie. Buonissimi, devo dire. Poi ci raccontò che a Xuzhou c’era un locale per soldati aperto però anche ai civili, l’Air Force Club. Così, quella sera, io e Meitang andammo alla ricerca del posto. Era una semplice abitazione in stile occidentale trasformata in sala da ballo. I clienti entravano dalla porta sul retro, passando per un piccolo corridoio di tre metri, con un bagno sulla sinistra. Non appena entrati vedemmo la sala, in realtà due stanze messe insieme.

美棠急喊："那个包是我的！"

"È la mia borsa!" gridò Meitang.

Nella sala da ballo c'erano alcuni tavolini e in fondo un piccolo palco con un microfono, la banda musicale a fianco e la pista di fronte. L'atmosfera era piuttosto tranquilla e non c'era molta gente. Io e Meitang ci sedemmo in fondo a bere il tè, ascoltando una cantante e osservando le persone danzare sulla pista.

Dopo circa due ore, la musica cessò, le luci si abbassarono lentamente e i presenti cominciarono ad andarsene uno ad uno. Prima di uscire, Meitang disse che doveva andare in bagno ed io rimasi ad aspettarla all'uscita. Due soldati stavano attraversando il corridoio per uscire e uno di loro gridò: "Ehi! Ho trovato questa borsa di pelle!" Meitang lo sentì dalla toilette e pensò immediatamente alla sua borsa color crema che aveva lasciato appesa alla sedia. Inseguì il soldato, urlando: "È mia!" Il soldato le porse la borsa e se ne andò. Non sapevano che Meitang in quella borsa aveva almeno mezzo chilo d'oro in gioielli e se l'avesse persa sarebbe stato un bel problema per noi.

Uscimmo dal locale, ancora in agitazione per l'incidente, e dopo aver fatto una trentina di metri, ci ritrovammo in un angolo della strada illuminato dai lampioni dove c'era un venditore di frutta. Senza dire nulla, come per un tacito accordo, comprammo due grosse pere e le gustammo lì in strada. Erano così succose e dolci, le migliori che io abbia mai mangiato.

徐州的油条令我们怀念久之

Youtiao, grissini di pane fritti. Per lungo tempo ricordammo gli *youtiao* di Xuzhou.

Sempre a proposito di cibo, anche gli *youtiao* sono buonissimi a Xuzhou, profumati e friabili e per niente gommosi. Quando ci siamo trasferiti a Shanghai, Meitang e io abbiamo assaggiato molti tipi di *youtiao*, ma nessuno batteva quella di Xuzhou.

Alcuni giorni dopo mi giunse notizia che il comandante della terza compagnia della 63ª brigata, Wu Lunlun, era con i suoi uomini nel villaggio di Donghe, alla periferia di Xuzhou e perciò decidemmo di fare un salto a trovarli. A causa dell'avvicinarsi della battaglia, gli abitanti erano quasi tutti fuggiti in cerca di un rifugio e il villaggio sembrava deserto.

少見多怪

Passeggiando a braccetto.

La nostra visita capitò giusto in tempo; il caso volle che l'esercito dovesse ripartire l'indomani mattina. Quella sera io e Meitang mangiammo lì con loro nel quartier generale. Io portai un'anatra sotto sale e il comandante fece preparare molti piatti di verdure. Dopo cena, andammo a fare una passeggiata con Wu Lunlun e sua moglie, una donna di umili origini contadine. Quando vide che Meitang ed io camminavamo a braccetto, si voltò verso Wu ridacchiando. Il marito però la rimproverò: "Sei proprio una contadina!" Arrivata la sera, Meitang e la moglie del comandante si ritirarono a dormire, mentre io e Wu Lunlun rimanemmo a chiacchierare fino a tarda notte.

美棠第一次动手做肉圆子

La prima volta che Meitang fece le polpette di carne.

Il giorno seguente le truppe erano pronte a partire e vidi Wu un po' nervoso. Mi confidò che aveva consegnato un braccialetto d'oro a sua moglie, che avrebbe fatto in modo di rimandarla a casa, lontano dal fronte, e così via.

Dopo la loro partenza, io e Meitang restammo ancora un po' a Xuzhou, sperando ci fossero novità o di imbatterci in altre vecchie conoscenze. Meitang iniziò a esercitarsi in cucina. La gente di Xuzhou mangiava abitualmente le frittelle di miglio e, perciò, un giorno chiesi a Chen Xusheng di comprarne un po' insieme a mezzo chilo di maiale. Meitang lavò per bene la carne e poi la sminuzzò su un tagliere per farne delle polpette. Una volta cotte a vapore, ne assaggiai una e sentii che c'era qualcosa di strano, come dei pezzetti duri all'interno della carne. Il mistero fu presto svelato: aveva sminuzzato nell'impasto anche la cotenna del maiale. Allora lei borbottò: "È difficile tagliare la cotenna, lo sai questo? L'unico modo era sminuzzarla ed è stata una faticaccia!"

Passò ancora qualche giorno senza che incontrassimo nessuno di nostra conoscenza e senza ricevere alcuna notizia. La situazione si era fatta sempre più tesa. Anche Meitang diventò sempre più nervosa e preoccupata. Dopo averne discusso a lungo, decidemmo che era arrivato il momento di tornare a Jiangxi e un giorno di metà ottobre prendemmo il treno per il sud e tornammo a casa.

Ricordi di Linchuan

Ci fermammo a Nanchang per un po' e Chen Xusheng tornò a casa sua.

In quel periodo ricordo che litigai con Meitang. Il motivo? La verità è che non ricordo di preciso quale fosse. Ero giovane e abituato a stare da solo, e trovavo che lei fosse un po' irragionevole. E così, preso dalla rabbia, spaccai una bottiglia piena d'acqua per terra e tutta l'acqua si rovesciò sul pavimento. Meitang andò sul letto e scoppiò in lacrime. Non ci rivolgemmo la parola per circa due o tre ore, fino a quando io mi avvicinai per fare pace e lei, con mia grande sorpresa, scoppiò a ridere. Questo è il ricordo che ho del nostro primo litigio.

Parlando del nostro futuro, Meitang sperava che avrei fatto esperienza e imparato a gestire un'attività insieme a suo padre. Mio suocero aveva aperto una banca a Hankou e non aveva dipendenti che lo aiutassero. Ma la situazione politica era instabile, la gente era preoccupata e gli affari ristagnavano. Mio suocero mi inviò una lettera dicendo che non aveva alcuna opportunità per me al momento, ma di riprovare in seguito. Aggiungeva, poi, che se ci sentivamo un po' stanchi e annoiati, potevamo andare a vivere a Linchuan per un po'.

E così facemmo. Avevamo comunque molto tempo libero e per distrarci andavamo alla scuola dove Meitang aveva studiato e lì mi capitava di giocare a calcio.

Uno zio e un prozio di Meitang avevano aperto lì una farmacia e invitarono Meitang a cena da loro per conoscere il nuovo nipote acquisito. Il nome della farmacia era Lunga Vita e il negozio aveva un aspetto vecchio e strano quanto il suo nome. Mangiammo nell'ufficio, pieno di registri contabili, con il pavimento dipinto di

我和美棠的一次小争吵

Il mio primo litigio con Meitang.

La banca di Changsheng.

nero, luminoso e solido come marmo. La poca luce presente filtrava attraverso le tegole fatte di *minga*[6] del soffitto. I piatti furono serviti in un modo molto curioso: erano tutte ciotole colme di cibo, sistemato a forma di piramide. In cima a ogni piatto c'erano delle radici di loto tagliate molto sottili e saltate in padella. A quanto pare si trattava di un piatto di benvenuto nei confronti dell'ospite, che doveva però stare molto attento a non far cadere sul tavolo le radici quando le prendeva con le bacchette. Se anche una sola radice fosse caduta, infatti, l'ospite avrebbe dimostrato di essere rozzo e villano e di non meritare simili onori.

Mi ricordo un altro episodio avvenuto durante il nostro soggiorno a Linchuan. Il governo nazionalista di allora era paralizzato e le autorità locali cercavano di imporre tasse su tutto. Anche se venivano chiamate tasse, in realtà si trattava di un vero e proprio furto perché i soldi riscossi non andavano allo stato, ma direttamente

nelle tasche dei funzionari. Un giorno, si presentarono a casa di mia suocera due o tre uomini per riscuotere un'imposta. Essendo presente, subito chiesi loro delle spiegazioni, e finimmo per discutere animatamente. Uno di loro, alla fine, esclamò: "Allora può venire a discutere il suo caso nell'ufficio del governatore!"

"Va bene," dissi io.

Ero già pronto per uscire quando Meitang mi corse dietro, dicendo: "Vengo con te!" Durante tutto il tragitto, mentre io mi guardavo intorno in silenzio, Meitang non smise un attimo di parlare e rivelò che mio padre era senatore nel governo provinciale. Arrivati al palazzo del governatore, gli esattori ci lasciarono ad aspettare a lungo in una stanza mentre loro chiacchieravano e accampavano improbabili scuse per cui non potevamo vedere il governatore. Visto che non sapevo come comportarmi in queste situazioni, Meitang andò a parlare con loro per cercare un accordo. Alla fine, chiesero il pagamento di dodici yuan per risolvere la questione e chiuderla lì.

“我跟你一起去！”

"Vengo con te!"
L'insegna riporta: Ufficio del governatore, Zhouxueling, contea di Linchuan.

Rimanemmo a Linchuan per qualche mese dopodiché ritornammo a Chenjiaqiao. Non avevamo molto da fare neanche lì, se non giocare a poker con amici e familiari. Che vincessimo o perdessimo, almeno ci divertivamo. In quei giorni in cui non sapevamo come sarebbe stato il domani e vivevamo alla giornata, le carte ci hanno regalato attimi di spensieratezza

NELLA PAGINA ACCANTO

In alto Io mentre gioco a poker e guardo le mie carte. Se avevo una carta vincente, il mio cuore si riempiva di gioia.

In basso Per la Festa di Primavera del 1948 ci ritrovammo tutti a casa di zio Lu a giocare a poker.
In senso orario da sinistra Zio Lu, Lizhen, Shouru, mio padre, mia zia, Xili, Li Zhougou, la signora Xiao, Meitang, io, Zhao Chunlin.

玩梭哈时，底牌置于发来之牌上面，徐徐移开看牌之际，心中充满期待，极为兴奋之一刹那。

一九四八年春节期间，在禄母舅房间内与众亲友欢乐地大玩梭哈。

Ricordi di Zhangshu

Nel 1949 decidemmo di trasferirci nella provincia di Guizhou.

Andammo lì per incontrare Luo Ying, un esperto di costruzione di ponti che aveva lavorato anche al progetto del ponte Ohashi sul fiume Qiantang. A quel tempo era stato nominato direttore del progetto dell'autostrada a Kunming, nella provincia di Yunnan.

Luo Ying era un amico di famiglia: suo padre e mio nonno erano stati grandi amici, poi Luo era stato allievo di mio nonno ed era diventato il miglior amico di mio padre. Suo nipote inoltre è anche mio cognato. Così io e Meitang ne parlammo e decidemmo che piuttosto che restare a Linchuan senza niente da fare, sarebbe stato meglio andare nel Guizhou a vedere se riuscivo a trovare un lavoro. Andava bene qualsiasi cosa, purché fosse a lungo termine.

Così, presa la decisione, preparammo le valigie e partimmo. Prendemmo il treno alla stazione Wenjiazhen di Linchuan e a mezzogiorno arrivammo a Nanchang per poi cambiare treno per Zhuzhou e infine prendere la linea ferroviaria Hunan-Guangxi fino a Guizhou. A Nanchang, mio padre chiese a Zhao Chunlin di venire ad aiutarci con i bagagli. Il treno era pieno di gente, tutti che cercavano rifugio nel sudovest della Cina. Meitang salì per prima per tenere i posti, mentre io salii, andai in bagno e aprii la finestra per prendere i bagagli che Zhao Chunlin mi passava. Il parasole blu di seta preferito di Meitang cadde nel buco della toilette e lei lo lasciò lì, rassegnata.

Alle due del pomeriggio il treno partì. Il nostro viaggio per Guizhou era iniziato, nonostante la fretta e molta confusione.

Da sinistra Io, mio padre, Luo Ying, mia nonna.

A quei tempi, purtroppo, nelle ferrovie regnava il caos. I treni non avevano un orario prestabilito e non c'era modo di sapere quale sarebbe stata la fermata successiva. Il treno viaggiò per qualche ora e poi, nella città di Zhangshu, non riuscì a proseguire oltre. A quanto pareva, la linea non era sicura più avanti. La gente scese sbuffando e io, insieme a Meitang, andai alla ricerca di una locanda dove alloggiare. Trovammo una camera con un letto, un tavolo e una finestra da cui filtrava un po' di luce. La cameriera, una ragazza di circa diciassette anni, entrò per pulire la camera e riempire il thermos con acqua calda.

Dopo aver disfatto le valigie ed esserci sistemati, uscimmo per andare a fare un giro; prima di tutto cercammo un posto dove mangiare. Trovammo un locale in apparenza molto raffinato. Nonostante ci trovassimo in un piccolo villaggio dello Jiangxi, anche il nome, ristorante Canfora, ci sembrò interessante e alla moda, quindi entrammo e scoprimmo che l'interno era tutto decorato artigianalmente. C'era una scala di legno che portava al piano superiore dove tutte le porte erano in legno e il vetro delle finestre era così spesso da filtrare il rumore della pioggia e del vento. Anche l'ingresso era costruito perlopiù in legno ed era pieno di fiori e piante di ogni tipo. Io e Meitang ci sedemmo in un posticino appartato al secondo piano ed ordinammo un piatto carne e aglio ripassati in padella e del brodo di pollo, entrambi costavano due yuan. Poco dopo la cameriera portò la carne e il brodo e rimanemmo sbalorditi: la carne era abbondante e la zuppa traboccava dalle ciotole, ce n'era a sufficienza per sfamare tre o quattro persone. Tirammo un sospiro, ci buttammo sul cibo e alla fine rinunciammo a finire tutto. La cosa più incredibile era che il cibo era veramente molto saporito e buono. Così durante il nostro lungo soggiorno a Zhangshu, io e Meitang ritornammo sempre in quel locale, ogni volta ricordando al cameriere di prepararci porzioni un po' più piccole.

Per gente semplice come noi la vita è fatta di tante piccole cose che, con il passare del tempo e senza alcuna motivazione apparente, si trasformano in ricordi preziosi. Non sono le cose grandiose a lasciare un segno nell'anima. Lo stesso vale per quel ristorante: il ricordo è riaffiorato nelle nostre conversazioni anche in tarda età.

Un giorno, stavamo passeggiando per la città quando a Meitang all'improvviso venne in mente una cosa e si fermò di colpo. Era qualcosa che non le dava pace e disse che dovevamo subito tornare in hotel. Venne fuori che non avevamo chiuso a chiave la porta della stanza e l'unica sua preoccupazione era sapere dove fossero le scarpe di tela che le aveva fatto sua zia e che aveva lasciato in bella vista sul pavimento della camera. Si trattava di scarpe particolari con una suola interna nascosta in cui riporre oggetti di valore per tenerli al sicuro. A un'occhiata distratta nessuno avrebbe notato nulla, ma chiunque fosse entrato e avesse spostato le scarpe avrebbe intuito tutto, anche solo la cameriera che veniva a pulire la stanza. Ci precipitammo in hotel preoccupati e, non appena spalancammo la porta, trovammo le scarpe dove Meitang le aveva lasciate. Ci sentimmo subito più sollevati.

Ogni giorno mi recavo alla stazione per chiedere novità sul prossimo treno in partenza. Alla fine venni a sapere che c'era un treno militare che sarebbe partito presto per Hengyang, nel sud della Cina. Tornai di corsa da Meitang a darle la felice notizia, preparammo i bagagli in fretta e furia, pagammo l'hotel e corremmo verso la stazione. Lì cercai di parlare con l'ufficiale addetto per convincerlo a darci un passaggio e con mia grande sorpresa scoprii che si trattava di un capo plotone che era stato alloggiato a casa di mio padre a Chenjiaqiao. Subito acconsentì a darci un passaggio e ci fece salire su una delle ultime carrozze, un vagone scoperto, dove viaggiavano le mogli e i figli dei militari. C'erano sì e no venti donne, ognuna seduta sulla propria valigia e, non appena ci notarono, si alzarono e ci aiutarono a caricare le valigie e salire a bordo.

Non appena sistemati, ci sentimmo più rilassati. Il sole stava per tramontare e in cielo cominciavano ad addensarsi nubi minacciose.

Il treno rimase fermo a lungo: a quanto pare c'era un ponte in riparazione poco più avanti e sarebbe stato possibile partire solo quando gli operai avessero finito di lavorare. Vidi accanto alla massicciata, a circa duecento metri di distanza, un piccolo venditore di acqua calda potabile. Così scesi dal treno con un thermos vuoto per fare rifornimento e cercai qualche spicciolo in tasca. In quel periodo, la gente non si fidava delle banconote, perciò di solito si usavano le monete d'argento. Avevo appena pagato il venditore quando il treno fischiò senza preavviso e iniziò a muoversi. Terrorizzato, cominciai a correre per raggiungerlo mentre i passeggeri nell'ultimo vagone urlavano: "Forza, forza! Sbrigati!" Il treno procedeva lentamente ma, avendo nella mano sinistra un thermos pieno d'acqua e la mano destra impegnata a tenere chiusa la tasca della giacca piena di monetine, ero considerevolmente rallentato. Cercai di correre il più velocemente possibile. All'inizio ero in vantaggio rispetto al treno ma proprio quando mancavano circa cinquanta metri, il treno prese velocità e non riuscii più a stargli dietro! Ora era troppo distante: sessanta, settanta, cento metri... la gente sul treno era agitata e io più di loro! Corsi ancora per altri sette o otto minuti, ma il vagone si faceva sempre più lontano. A un certo punto, non so per quale motivo, il treno fece uno strano rumore e si arrestò stridendo. Presi quindi un'ultima rincorsa, con tutte le mie forze, e finalmente riuscii a raggiungerlo. Tutti esultarono di gioia. La prima cosa che feci fu passare il thermos con l'acqua calda ma subito dopo mi resi conto che le fiancate del vagone erano così alte che non riuscivo a scavalcarle. Il treno poteva ripartire da un momento all'altro e non c'era tempo da perdere, quando vidi, nel pavimento di legno del vagone, un buco grande quasi come un lavabo, come se il destino l'avesse sistemato lì per me. Fu facile passare per quel buco ed entrare nel treno.

Meitang corse da me a raccontarmi che quando stavo per raggiungere il treno, tutti avevano tifato per me gridando: "Bene, ce l'ha fatta!" ma quando il treno si era allontanato di nuovo, tutti avevano esclamato preoccupati: "Accidenti! Non ce la farà ora!" Meitang, furiosa, mi rimproverò dicendo: "Sei proprio uno stupido! Se avessi buttato via le monete, avresti corso più facilmente e senza pesi!" Poco dopo cominciò a piovere e tutti aprirono l'ombrello, sdraiandosi sulle proprie valigie. Ovviamente nessuno riuscì a dormire in quelle condizioni e le valigie erano completamente fradicie. Senza essere per questo infastiditi, passammo così la notte.

Il giorno seguente arrivammo a Hengyang poco prima di mezzogiorno. Aveva smesso di piovere e ogni nuvola era stata spazzata via dal cielo. La gente scese dal treno e ciascuno andò per la propria strada. Io e Meitang trovammo una pensioncina gestita da madre e figlia vicino alla stazione, sulle rive del fiume Xiang. In realtà si trattava di una semplice casa di campagna circondata da un grappolo di casette simili. Aperte le valigie, Meitang si accorse che tutto ciò

che c'era dentro era zuppo d'acqua, in particolare tutta una serie di tessuti da lei acquistati durante il viaggio per ricavarne vestiti colorati. Proprio dietro la nostra camera c'era un piccolo cortile circondato da una recinzione in bambù. Fu così che Meitang prese i suoi vestiti e li appese ad asciugare al sole. Portò invece quelli sporchi dalla proprietaria dell'hotel per farli lavare. Erano una giacca, un paio di pantaloni, un fazzoletto per la testa e un paio di calzini. Ogni capo veniva cinque yuan. A quel tempo eravamo giovani e ingenui e non capivamo molto di prezzi. E nemmeno controllammo con attenzione gli abiti stesi fuori. Solamente quando tornammo a Nanchang l'anno seguente scoprimmo che mancavano tre o quattro dei capi più belli e pregiati. Cercando di capire come fosse successo, pensammo che doveva essere stata la proprietaria della pensione a rubarli.

Ricordi di Liuzhou

A quel tempo la linea ferroviaria Hunan-Guangxi era ancora in funzione. Restammo a Hengyang per due giorni, e poi partimmo per Liuzhou, dove intendevamo fermarci per qualche giorno per visitare la città. Liuzhou è una località del Sud calda e soleggiata e proprio per questo ci piacque molto. Ogni giorno passeggiavamo per le strade, camminando sotto i portici che ci riparavano dal sole. Chiunque, giovane o vecchio, maschio o femmina, indossava magliette e pantaloncini e zoccoli di legno. Non si vedeva in giro nessuna automobile e tutti camminavano felici e spensierati.

Nel centro di Liuzhou c'era un piccolo parco, pieno di ridicoli cumuli di pietre accatastate una sull'altra a ricordare le montagne, e chioschi che vendevano dolciumi e tè. Era maggio e faceva già molto caldo. Verso le quattro o le cinque del pomeriggio tutti gli abitanti uscivano di casa per andare lì a godersi il fresco. Io e Meitang seguimmo la folla e ci ritrovammo nel parco. Cercammo così due posti a sedere tra le pietre e bevemmo il nostro tè all'ombra, godendoci l'aria fresca e il bellissimo paesaggio davanti a noi.

數日後，由衡阳乘
火車至柳州，在此
又休息约一周。
时值初夏，街上
行人皆背心、短褲、
木屐，随处可以納
凉。街道旁有一
假山堆砌之公園，
美棠与我在该
处飲茶，乘凉，享
受南国夏季
风光。街上无公交
车、无自行車、无
警察，乃真正的
步行街也。

Qualche giorno più tardi, prendemmo il treno da Hengyang fino a Liuzhou dove ci fermammo per circa una settimana. Erano i giorni più caldi dell'estate e tutti indossavano magliette e pantaloncini e zoccoli di legno. Nel parco c'erano molti angoli ombreggiati, così io e Meitang andavamo spesso lì a bere il nostro tè, godendoci l'aria fresca e il paesaggio. Non si vedevano autobus in strada, né biciclette o polizia: una vera e propria "area pedonale".

C'erano ovunque chioschi che vendevano congee di pesce.

Provammo anche il famoso piatto locale, congee di pesce, e ricordo che lo trovammo buono. Ovunque a Liuzhou c'erano chioschi che vendevano questo piatto. All'entrata sulla destra, era sempre sistemata una grossa pentola con il congee che bolliva, non troppo denso ma neanche acquoso, e saporito quanto basta. A sinistra, invece, c'era un vassoio rettangolare appoggiato su un tavolo e colmo di filetti di pesce, fegato di maiale, cuore di maiale, e molto altro, tutto tagliato molto sottile. La scelta era vastissima anche se la gente preferiva quasi sempre il pesce. La preparazione seguiva questi passaggi: innanzitutto si mettevano sul fondo della ciotola i filetti di pesce, poi con un mestolo si raccoglieva del congee ben caldo e lo si versava sopra, infine si aggiungevano i condimenti, un po' di cipolla verde tritata o del peperoncino, e solo dopo aver mescolato per bene il tutto il piatto era pronto. Poi, con un mestolo, raccoglieva del congee caldo e lo versava nella ciotola. Aggiungeva sale e pepe, un po' di cipolla verde tritata o del peperoncino, e solo dopo aver mescolato per bene tutto, il piatto era pronto: delicato, ma caldo bollente. A noi piaceva tanto il suo sapore quanto vederlo preparare.

C'è un proverbio che dice: "Bello morire a Liuzhou" perché la città è famosa per le sue bare. Cercammo qualche fabbricante di bare, ma non ne trovammo nessuno, forse perché questo tipo di attività era concentrato fuori dal centro cittadino. Ci fermammo a Lizhou per una settimana e poi prendemmo il treno per Guiyang. Alla biglietteria comprai due biglietti per un totale di sessanta monete d'argento. Non accettavano banconote, quindi impilai le monete una sopra l'altra sul bancone, fino a formare due alte colonne.

Ricordi di Guiyang

Il giorno in cui arrivammo a Guiyang era la Festa delle Barche Drago.

A mezzogiorno io e Meitang attraversammo il cosiddetto Grande Incrocio, in realtà un semplice incrocio stradale al centro della città. Non si vedeva anima viva in giro e anche i negozi erano vuoti. Volevamo comprare degli *zongzi*, ovvero ravioli di riso ripieni tipici di questa festa, ma non trovai nessun chiosco o negozio che li vendesse. Finalmente vidi una vecchietta seduta al bordo della strada, con accanto a sé un cestino colmo dei desiderati *zongzi* fatti a mano. Ne comprai quattro per mangiarli con Meitang. Non assomigliavano per nulla ai nostri ravioli di riso all'acqua alcalina e il sapore non era granché, ma almeno rallegravano la festa.

La sera andammo alla ricerca di un posto dove dormire e capitammo nell'hotel più grande della zona, l'Hotel Brazil. Si trattava di un palazzo a due piani con al centro un cortile, intorno al quale erano disposte le camere, sia al piano di sotto sia a quello di sopra. Le stanze migliori erano tutte quadrate e avevano una grossa finestra con vista sulla città; ognuna costava cinque yuan a notte. Visto che quel giorno l'hotel era pieno, ci sistemarono in una stanza al pianterreno, vicino alle scale. Proprio a causa delle scale la camera era asimmetrica e per questo ci fecero un piccolo sconto.

Non eravamo molto contenti di quella sistemazione e ce ne lamentammo con la receptionist: volevamo una "normale" stanza quadrata. Alla fine ci dissero che avremmo potuto cambiare camera l'indomani, se qualche cliente se ne fosse andato. Se ci ripenso ora mi viene da sorridere: dovevamo dormire in quell'hotel solo poche notti, a che ci serviva una stanza quadrata? Eh, la gioventù.

Il giorno dopo, la cameriera ci spostò in una camera al piano di sopra, quadrata. Eravamo così felici.

In quel periodo scrissi al marito di mia sorella, ad Anshun, per dargli il nostro indirizzo di Guiyang. Ci rispose dicendo che poteva mandare una macchina a prenderci. Nell'attesa saremmo stati liberi di esplorare la città.

Nelle strade c'erano molti ristoranti e i migliori erano il Giardino delle Corone o le Tre Monete o il Grande Ristorante di Shanghai. Al Giardino delle Corone non c'era mai troppa folla, e Meitang e io amavamo andarci per colazione e per gustare piatti e dolci della tradizione cantonese: arrosto di maiale, *zongzi*, pollo al cartoccio, riso con pollo. Ogni piatto costava circa tre yuan ed erano tutti buonissimi.

Un giorno decidemmo di gustarci la colazione fino a tardi quando all'improvviso un uomo sulla quarantina, vestito di tutto punto e seduto non lontano da noi, catturò la nostra attenzione con un sorriso e un cenno della testa. Probabilmente era in città per affari, visto che non sembrava affatto del posto. A giudicare dall'accento poteva essere della provincia di Zhejiang o di Jiangsu. Ci chiese da dove venissimo, cosa facessimo lì, continuando a sorridere con un'espressione beata e solare. Forse aveva deciso di rimanere qualche giorno in quel paradiso per godere di un po' di pace e tranquillità.

A quel tempo eravamo generosi e ci piaceva parlare un po' con tutti. Sempre all'Hotel Brazil conoscemmo anche una coppia molto più giovane di noi. Avevano finito tutti i soldi che si erano portati per la vacanza e stavano aspettando i contanti che la famiglia aveva inviato loro. Faceva abbastanza caldo, ma la nostra camera aveva una terrazza con un tavolino su cui come al solito Meitang aveva disposto frutta, semi di girasole, arachidi. Li invitammo così a prendere il tè e ci sedemmo lì a chiacchierare, trascorrendo del piacevole tempo insieme.

Qualche volta mangiammo anche negli altri due ristoranti, le Tre Monete e il Grande Ristorante di Shanghai, illuminati da una luce incantevole. Ci sembrava tutto incredibilmente piacevole e tranquillo. Eravamo così giovani e inconsapevoli delle tragedie in atto.

Un paio di settimane dopo, mentre ero alla finestra della camera ad osservare il paesaggio come sempre, vidi un uomo di mezza età vestito da ufficiale pubblico. Pensai fosse l'uomo inviato da mio cognato e infatti era il capo del dipartimento delle infrastrutture della sezione di Guiyang, mandato a prenderci dal sovrintendente Luo; la macchina su cui viaggiava, però, si era fermata e l'unico modo in cui poteva aiutarci era portarci alla stazione dei bus con un carretto.

Il giorno dopo arrivò con il carretto e ci caricò, diretti alla stazione. Lo salutammo e salimmo sul pullman diretto ad Anshun, la destinazione finale di questo nostro lungo viaggio.

Ricordi di Anshun

Mia sorella viveva con il marito in una casa popolare messa a disposizione dei funzionari e delle loro famiglie. Costruita in legno, da fuori aveva l'aspetto di un tempio o di uno *yamen* più che di una casa. All'ingresso si trovava un grande cortile con un porticato su entrambi i lati. Tutte le pareti erano di un color grigio scuro che dava al palazzo un che di antico e solenne.

Ad Anshun facevamo vita di comunità e ognuno contribuiva con quattro yuan al mese per il cibo. Il cuoco, Zhang Shangqing, era incaricato di cucinare tre pasti al giorno. La mattina si mangiava congee, e per pranzo e cena erano previsti sei piatti con minestra; di solito c'era carne di maiale o di vitello. Mia sorella, che amava tanto il pesce, non riuscì purtroppo mai a mangiarlo, visto che il luogo si trovava su un altopiano dove non c'erano né laghi né fiumi.

NELLA PAGINA ACCANTO

La nostra bella stanza

La stanza dove io e Meitang dormivamo era un po' particolare: si trattava di un padiglione esagonale al primo piano. C'erano finestre su ogni parete ma nessuna porta. Si accedeva grazie a una scaletta e una botola sul pavimento. L'unico arredo era il letto, per il resto la camera era completamente spoglia. Trascorrevamo qui solo la notte, durante il giorno stavamo al piano di sotto, ma a me questo strano nascondiglio piaceva molto.
Ogni volta che la luna splendeva fuori di notte, il suo riflesso penetrava nella stanza posandosi sulle nostre lenzuola. Davanti a una scena così, le uniche parole che mi venivano in mente erano quelle del poeta Li Bai: "Di notte vidi la luna sul mio letto e mi domandai se fuori fosse gelido. Alzai lo sguardo verso il cielo e poi chinai il capo, pensando alla mia terra." [7] Quando fuori infuriava una tempesta, invece, i vetri alle finestre vibravano e mi tornavano alla mente i versi di Xu Hun: "Il vento forte precede la tempesta forte." [8] Chi vive nelle solide case di città non ha idea della bellezza delle montagne e dei sentimenti poetici che esser possono ispirare.

奇妙的『房間』

美棠和我的住处为一个二樓的六角亭，四面有窗。除一床外，别无他物，地板一角装有一块盖板，乘梯上樓后可将此板盖上。环境奇佳。一切活动都在楼下。

每逢月明如水之夜，开窗而眠，則月光洒满床前，李白之佳句：『床前明月光，疑是地上霜』，便自然会联想入于脑际。

又当风雨交加、电闪雷鸣之际，則狂风大作，四面窗子劈拍作响，来回晃动，便能亲身体会『山雨欲来風满楼』之情怀。此种山間野趣，画意诗情，绝非大城市中住鋼筋水泥房屋之人们所能領略到的也。

平如識 二〇〇九年十月二十九日

Rimanemmo ad Anshun per un bel po' di tempo ma ancora non avevamo notizie di Luo Ying. Dopo un po' venimmo a sapere che era stato trasferito e non essendo più il direttore del progetto dell'autostrada non aveva nessun lavoro per me. Allora mio cognato mosse qualche filo e riuscì a trovarmi un posto nelle squadre di manutenzione dell'autostrada, così saremmo potuti restare ad Anshun. Anche se lo stipendio non era molto alto, almeno avevo qualcosa da fare. Ogni giorno, dopo colazione, due carri venivano a prenderci verso le otto di mattina per andare al lavoro. Mentre percorrevamo la strada principale di Anshun, trainati da cavalli affaticati, mi guardavo intorno e vedevo le abitazioni via via diradarsi. Zhang Shangqing ci faceva consegnare il pranzo. Alle tre del pomeriggio salivamo di nuovo sul carro e tornavamo a casa. Arrivavamo di solito intorno alle quattro e trovavo mia sorella Ding già impegnata a preparare la tavola per giocare a mahjong. Era una donna molto intelligente, dotata di ottima memoria e straordinarie capacità strategiche. Non amava né fare la spesa né tantomeno occuparsi delle faccende domestiche e non aveva una vita sociale molto attiva in quel luogo sperduto, perciò impegnava tutte le sue energie nel mahjong... e raramente perdeva.

Gli altri giocatori eravamo io, il contabile Wu e il cassiere Zhao. Wu aveva l'abitudine di annunciare il suo arrivo con la frase: "Signora Luo, siamo venuti a riempire le sue tasche..." In realtà lui e Zhao erano bravi a giocare, ma non quanto mia sorella Ding.

NELLA PAGINA ACCANTO

In alto Luo Ying era appena stato trasferito e non essendo più il direttore del progetto dell'autostrada non aveva nessun lavoro per me, così mia sorella e suo marito mi aiutarono a trovare un impiego. Ad Anshun non c'erano cinema, teatri, parchi o centri commerciali. L'unico modo per passare il tempo era giocare a mahjong con mia sorella e gli altri.

In basso La sera mangiavamo tutti quanti insieme e passavamo il tempo a chiacchierare. Ognuno di noi contribuiva alle spese della comunità. Il cuoco, Zhang Shangqing, era incaricato di cucinare tre pasti al giorno.

时机不巧，罗英此时已卸任，二姐乃设法以两个道班（工人）名额，让我担任司磅员，并随同他们职员一起上下班。工作甚简，暂混时光而已。

安顺无电影院、无公园、无百货商店……唯一娱乐，乃是与定姐、会计老吴、出纳老赵打麻将而已。定姐精通此道，稳是赢家。

集体食堂伙食可自愿参加。定姐一家与我们均吃大伙。晚间我们与一些相熟道班工轮流请客，五角钱可买一只大猪头，再买些蔬菜、豆腐，畅饮茅台酒，叫厨师张善清备办，其乐融融。

L'unico vero principiante ero io che conoscevo solo le regole basilari e perdevo sempre. In seguito, per fare pratica e saperne di più, comprai qualche manuale tipo *Come giocare a mahjong* o *Consigli per vincere a mahjong*. Purtroppo spiegavano solo la teoria, perciò non erano molto utili. A volte Meitang, non sopportando di vedermi perdere di continuo, si buttava nella mischia al mio fianco; purtroppo non era molto più capace di me e finivamo per perdere lo stesso.

A quei tempi ad Anshun non c'erano centri commerciali, né cinema, teatro o karaoke e le persone non sapendo cosa fare per divertirsi e alleggerire lo stress del lavoro, si sedevano intorno a un tavolo a giocare. Quando arrivava l'ora di cena, però, mettevamo via le tessere e ci gustavamo l'*hot pot*, lo stufato di verdure e carne.

A turno consegnavamo i soldi al cuoco affinché preparasse tutto e alla sera lui ci presentava in tavola una pentola di brodo bollente. La sistemava al centro di un tavolo rotondo, con tutt'intorno piatti di verdure, tofu, pasta di soya e un grande piatto di carne di maiale tagliata in fette sottili. Avevamo anche diverse bottiglie di vino e trascorrevamo la serata godendoci lo stufato, bevendo e chiacchierando.

Meitang si univa sempre a noi perché le piaceva stare in compagnia. Anche se non beveva alcol, amava lo stufato e beveva il brodo, ascoltando le nostre conversazioni senza senso.

Era abbastanza semplice poi fare amicizia se ti piaceva il basket. Feci conoscenza con il direttore generale, un giovanotto di nome Li, con cui andavo spesso a fare qualche tiro nel cortile di una scuola elementare nelle vicinanze. Un capo del dipartimento amministrativo, il signor Yang, aveva dei ganci nella scuola media locale e una volta organizzò un'amichevole. Li, il signor Yang ed io reclutammo altri due giocatori amatoriali e disputammo una partita con gli alunni della scuola media. Poveri ragazzi! Come potevano degli adolescenti competere contro di noi?

“韭菜合子”真好吃

I *baozi* all’erba cipollina più buoni che abbia mai mangiato.

Il signor Yang era un tipo molto generoso. Una volta invitò Meitang, mia sorella, mio cognato e me a casa sua a mangiare i *baozi* all’erba cipollina. La sua famiglia era originaria del nordest della Cina. Sua moglie e sua madre avevano preparato i *baozi* per noi ed erano venuti perfetti, salati e cotti al punto giusto. Era tutto così buono che non smettevamo più di mangiare.

Molto tempo dopo, ricordandomi ancora di questi *baozi* all’erba cipollina, provai a replicarli ma non ero bravo in cucina e fu un completo fallimento.

Un giorno, un ponte di una sottosezione venne danneggiato e si decise di inviare un ingegnere a fare un sopralluogo e delineare un progetto di restauro. Si diceva che fosse un viaggio lungo ma con bei luoghi da visitare, tra cui il monte Huanglong, o monte del Drago Giallo, con in cima una caverna dallo stesso nome. Tutti i

郊区有一处「名胜」——黄龙洞。某次段上去查修桥梁，大家乃乘「公车」去逛，因坝桥与洞相距甚近之故。此洞洞口果是高大，有如现今回希尔顿「五星级宾馆」之接待大厅。由向导（即今之导游）执火把，率我们鱼贯而入。洞深约五百米，也无非是钟乳石与冰潭所构成的各类奇观而已。

La caverna all'interno del monte del Drago Giallo era un luogo pittoresco, così decidemmo di andare a visitarla, anche se era abbastanza lontana. L'ingresso della caverna era imponente e suggestivo e una volta accese le torce di bambù ci ritrovammo davanti a un incredibile spettacolo di stalattiti.

dipendenti del distretto, comprese mia sorella e Meitang, colsero l'occasione e salirono sul furgone. Si trattava di un vecchio modello, molto malandato. Durante il viaggio, oscillava pericolosamente a destra e sinistra e i parafango sventolavano così forte da sembrare le ali di una mosca. Nel cassone del furgone i sedili erano tutti occupati dalle donne, mentre noi uomini stavamo in piedi al centro. Mia sorella e Meitang, invece, ebbero il privilegio di sedere nella cabina con l'autista. Così, barcollando e sussultando, arrivammo a destinazione. Alla Caverna del Drago Giallo, la guida accese le torce che aveva portato con sé, fasci di canne di bambù legate insieme e intinte in qualcosa che sembrava pece.

A quel tempo la Caverna del Drago Giallo non era ancora attrezzata per le visite turistiche: i ciottoli di pietra per terra erano scivolosi e il tragitto era tutto a zigzag, con due pozze d'acqua verde scura in mezzo. Man mano che avanzavamo, la luce della torcia sembrava essere inghiottita dall'oscurità della caverna e da qualche parte scendeva dell'acqua che sgocciolava sulle rocce emettendo una specie di tintinnio. Visto che eravamo giovani all'epoca, io e Meitang attraversammo senza problemi i banchi di sabbia e le pietre. Nel farci strada, la guida indicava le rocce le cui sembianze ricordavano quelle della dea Guan Yin o di un rospo, discorsi a cui prestavamo poca attenzione non ravvisando tali somiglianze. Poco dopo, però, si mise a raccontare una storia: circa un anno prima una giovane coppia di sposi aveva ingaggiato una guida per visitare la caverna. Quando ormai si erano addentrati nei meandri più profondi della grotta, la guida li uccise e, dopo averli derubati, fuggì lasciando lì i corpi fino a quando non furono ritrovati qualche mese dopo da un altro gruppo di turisti. Rimanemmo molto impressionati da questo racconto. Nel frattempo avevamo raggiunto la parte più profonda della caverna. Davanti a noi avevamo solo una parete di roccia umida e così ritornammo tutti sui nostri passi.

安顺山区苗族人民甚多，民风淳朴，生活艰苦，每隔十天半月会来赶集，他们带来农产品，换取一些日用品或银钱。某日，美棠与我去赶集游玩，我见一中年妇女在卖板栗，我未问价，就说："一元五角钱的。"不料她用一个大"笆斗"满满地装了一斗给我，我手足无措，只好脱下上装，"兜"着走也。

Una volta ogni quindici giorni, la popolazione Miao che abitava sulle montagne scendeva giù in città, nella zona del mercato, per vendere i propri prodotti. Un giorno anche io e Meitang decidemmo di mischiarci tra la folla del mercato e notammo una donna che vendeva castagne cinesi. Senza neanche che le chiedessi il prezzo, lei esclamò: "Cinque yuan." Volevo solamente prenderne un po' da gustare passeggiando, ma la donna prese un grosso cesto, lo riempì fino all'orlo e si voltò verso di me. Non sapendo che altro fare, mi tolsi il cappotto, lo stesi sulle ginocchia e lasciai che lei ci rovesciasse sopra tutte le castagne. Dopodiché ne feci un fagotto e ce ne andammo.

Una volta ogni quindici giorni, la popolazione Miao che abitava sulle montagne scendeva giù in città, nella zona del mercato, per vendere i propri prodotti. Un giorno anche io e Meitang decidemmo di mischiarci tra la folla del mercato. I Miao vendevano perlopiù prodotti agricoli come polli, uova, grano, patate dolci, fagioli, ma anche vestiti, copricapo, canovacci per la cucina. Accettavano solo contanti con i quali poi compravano beni di prima necessità tra cui fiammiferi, cherosene, sapone. Indossavano tutti abiti blu con decorazioni ricamate e in testa portavano un fazzoletto, sempre di colore blu. La loro semplicità e il loro modo di comportarsi sono lo specchio di una popolazione con tradizioni antichissime.

Quando non rimanevamo a casa con gli altri del distretto, io e Meitang andavamo a mangiare fuori. Ad Anshun, in una delle vie principali, c'era un ristorante chiamato Ottocento Primavere, dove si potevano mangiare i noodles. Se il nome era da prendere alla lettera, significava che quel ristorante si trovava lì da ottocento anni? Eravamo un po' scettici ma, visto che il nome aveva un che di elegante, decidemmo di entrare. Il ristorante era un po' malconcio, la porta d'ingresso non tanto grande. Entrando, si vedevano subito i fornelli e la cucina. Nella sala da pranzo c'erano alcuni tavolini vecchi e rotti che non dovevano essere mai stati riverniciati, con degli sgabelli alti. I muri erano sporchi di nero, le porte e le finestre erano rovinate e le posate d'acciaio e gli utensili da cucina che si vedevano in giro erano tutti ossidati. Sui cornicioni delle finestre spuntava qua e là qualche ragnatela. Non ci curammo molto di tutto ciò. Noi dello Jiangxi amiamo la zuppa di noodles e, visto che eravamo arrivati fin lì, ci fermammo ad assaggiare la ricetta di Guizhou per vedere se era all'altezza di quella delle nostre parti. Ci sedemmo uno di fronte all'altra e ci portarono due ciotole. Il sapore era delicato e i noodles erano teneri e lisci. Al brodo venivano aggiunti carne tritata soffritta, spezzatino di maiale, cipolla e zenzero.

Ristorante Ottocento Primavere

Anche se l'aspetto del locale lasciava molto a desiderare, io e Meitang decidemmo di dargli una possibilità. I noodles erano buoni e non costavano tanto, così finimmo per diventare clienti abituali.

安顺街道窄小。西街有一米粉店，招牌叫“八個春”。店堂破旧，两张桌子也系旧物，环境甚差。美棠与我试吃其米粉，味道不逊于南城之米粉，乃常去光顧，价亦不貴。但顧客稀少，生活水平所限也。

Tornammo spesso lì a mangiare. La cosa strana era che ogni volta non vedevamo mai nessuno del posto cenare lì e il ristorante era quasi sempre vuoto. Forse l'aspetto del locale era poco invitante o forse era troppo costoso. In seguito ogni volta che io e Meitang ne parlavamo, ci ridevamo su e ci domandavamo se il ristorante "degli ottocento anni" fosse ancora in piedi.

Ad Anshun c'era uno snack molto popolare soprattutto tra la gente comune: il granturco arrostito. La popolazione Miao ne aveva fatto un business: per strada si trovavano dei forni su cui veniva fatto arrostire lentamente il granturco fino a quando non era bello croccante. Non costava tanto e, in breve tempo, divenne il nostro stuzzichino preferito.

貴州安順的“零食”

Il granturco arrostito di Anshun.

贵州安顺赏月图

Ammirando la luna di notte ad Anshun.

Ed ecco che in un batter d'occhio arrivò la Festa di Metà Autunno. Dopo cena, andai a comprare in un negozio sulla strada le tipiche tortine di luna e poi le portai in camera. Ci sdraiammo sul letto e gustammo questi dolci mentre parlavamo del nostro futuro insieme, della famiglia che ci sarebbe piaciuto avere. La luce della luna penetrava dalla finestra illuminando l'intera stanza. Era il 1949, l'ultimo autunno della vecchia società.

安顺街上有个算命先生名叫"卓聋子"，据称十分灵验。某日，美棠与我即去找他，此人收费不便宜，要现洋四元。我安上我的生辰八字。他讲了很多，现已不复记忆，只记得有一句："平生利于东南"。此语在我以后的生命历程中证明极其正确。

一九四九年十二月初，安顺解放。军代表接管了公路段。半月后，姐夫及原来所有职工奉命迁往贵阳。我坐在最后一辆货车的行李堆上，看到即将离开的安顺城廟屋宇，心中想道："这个地方今后恐怕永远不会再来了！"

NELLA PAGINA ACCANTO

In alto Avevo sentito parlare di un veggente molto bravo, Zhuo il Sordo. Così io e Meitang andammo a fargli visita, anche se la sua tariffa non era per niente economica: quattro yuan a testa. Delle sue predizioni ricordo solo una frase: "Troverete la felicità a sudest." Come il mio futuro avrebbe confermato, aveva ragione.

In basso All'inizio del dicembre 1949, Anshun fu liberata e il nostro dipartimento venne trasferito a Guiyang. Partimmo quindici giorni più tardi. Seduto sui bagagli in un furgone, guardavo le mura della città scorrere di fronte a me e pensai: "Probabilmente non tornerò mai più qui!"

Arrivò novembre e le dicerie ormai dilagavano. Una volta avevo sentito parlare di un veggente molto bravo. Lo chiamavano Zhuo il Sordo. Così un bel giorno io e Meitang andammo a fargli visita. Il suo negozio era modesto, più piccolo degli altri, gli scalini un po' traballanti e rovinati, e sulla porta c'era un'insegna un po' storta con la scritta: "Il tavolo del Sordo". La sua tariffa non era per niente economica: quattro yuan a testa. Gli dissi la mia data di nascita per farmi predire il futuro e lui, dopo aver fatto qualche calcolo, cominciò a darmi una lunga spiegazione. Oggi non ricordo quasi niente di quello che mi disse, tranne una frase che ci lasciò un po' perplessi: "Troverete la felicità a sudest." In quel periodo stavamo pensando di partire poiché, non essendo avendo un lavoro stabile a lungo termine, non avremmo potuto permetterci di restare ad Anshun ancora a lungo. Le parole dell'indovino non fecero altro che rafforzare questa nostra idea.

A inizio dicembre, le truppe del Kuomintang furono evacuate e ci fu un vuoto di potere ad Anshun. Per mantenere la legge e l'ordine, i ricchi e i commercianti avevano ingaggiato qualche criminale di strada. Anche noi, da parte nostra, eravamo in allerta: controllavamo di continuo che le porte fossero ben chiuse, notte e giorno, e non dormivamo mai troppo profondamente. Passammo due o tre giorni in questo modo. Quando finalmente (ricordo che c'era il sole anche se era inverno) l'esercito popolare di liberazione entrò ad Anshun, la gente scese in strada festante con cartelli rossi e verdi per dare loro il benvenuto. Fu così che Anshun venne liberata.

Poco dopo la liberazione, il nuovo governo trasferì l'intero dipartimento delle infrastrutture nella città di Guiyang. Arrivati lì, ci sistemammo in una grossa villa tradizionale, con un cortile al centro. Per quanto riguarda i pasti, l'organizzazione non cambiò molto rispetto a prima: mettevamo una grossa pentola sul tavolo con della brace sotto e cucinavamo del manzo, delle verdure e un po' di tofu con a parte una salsa piccante. Lo stato d'animo generale di tutti noi non era dei migliori, soprattutto perché non sapevamo cosa ci riservasse il futuro.

Un giorno, mentre stavo passeggiando per la città, notai un grosso cartello di fronte ad un negozio sul quale c'era scritto in rosso, a caratteri grandi, "Direzione Nanchang". Tutto felice, chiesi informazioni. L'autista si chiamava Xing, era di Nanchang e guidava un camion Dodge di produzione americana. Era in cerca di passeggeri e sarebbe ripartito il giorno dopo. Il costo del viaggio era di sessanta monete d'argento per ciascun biglietto. Ne acquistai subito due e tornai a casa ad avvisare Meitang, che esultò di gioia al sentire la notizia. Preparammo subito i bagagli. Mia sorella e mio cognato rimasero alquanto sorpresi della nostra decisione improvvisa. La sera stessa, mio cognato mi diede una lettera che aveva scritto per mio padre e mia sorella mi consegnò un po' di funghi essiccati da portare a casa.

Direzione Nanchang.

Il ciocco di legno
L'autista ci raccontò il suo piccolo segreto: nel ciocco di legno che usava come freno nascondeva dell'oppio da rivendere a Nanchang.

Il giorno della partenza, chiesi all'autista se mia moglie poteva sedersi nell'abitacolo e lui acconsentì. C'era una cosa però che preoccupava molto Meitang, ovvero la sua borsetta con dentro i gioielli. Xing ci consigliò di chiudere bene la borsetta e di darla a lui, che l'avrebbe nascosta dentro uno degli pneumatici. Ci raccontò poi del suo piccolo segreto: come freno utilizzava un ciocco di legno triangolare, che posizionava dietro una ruota del veicolo parcheggiato per impedire che si muovesse. Ci disse poi che a Guizhou c'era una grande produzione di oppio, e che anche lui ne commerciava un po'. Per nasconderlo, faceva un buco nel pezzo di legno e ci infilava dentro la droga. Poi lo richiudeva e nessuno si accorgeva di nulla, sfuggendo così agli occhi della polizia.

Una volta che il bus fu partito, scoprimmo che la strada non era poi così tanto sicura come pensavamo. Al confine tra Hunan e Guizhou ci sono i famosi monti Xuefeng, che fin dai tempi antichi sono il rifugio preferito dei banditi.

A volte guardavo fuori dalla tenda che copriva il cassone del camion e vedevo il veicolo correre all'impazzata proprio a ridosso di un dirupo sotto il quale c'era semplicemente il vuoto. Inoltre, in basso si scorgevano i rottami di qualche veicolo ormai distrutto. Xing andava veloce, facendo un po' lo spaccone per far vedere che sapeva guidare bene.

2008、7、6、平如

Il suo assistente, Liu, era più rassicurante. Facevano i turni per guidare, così da rendere il viaggio meno pesante e senza troppe interruzioni, a eccezione di una sosta per il pranzo e per la notte, per dormire in qualche albergo lungo la strada. Una sera, mentre stavamo cenando in una locanda, sentimmo che sia il camion merci che ci aveva preceduti sia quello dopo di noi erano stati svaligiati. Per grazia divina l'avevamo scampata grossa quella volta, ma quel fatto ci turbò moltissimo. Così salimmo in camera e ci sedemmo sul bordo del letto a riflettere, scaldandoci le mani davanti al braciere. Pensammo a tutti i pericoli che potevamo correre lungo la strada e decidemmo di non continuare.

Andai a parlare con Xing e gli dissi che non volevamo tornare sull'autobus e perciò chiesi se era possibile un rimborso parziale del biglietto. Xing non volle sentire ragioni e ci consigliò di continuare il viaggio. A questo punto, tornai da Meitang e decidemmo insieme di farci coraggio e proseguire.

La sera successiva io e Meitang bruciammo tutte le mie foto con l'uniforme da soldato dell'esercito nazionalista del Kuomintang. Nei bagagli avevo un'uniforme verde di riserva e decidemmo di disfarci anche di quella.

Quattro giorni dopo, arrivammo sani e salvi a destinazione: al numero 18, Chenjiaqiao, Nanchang. Era dicembre del 1949.

Avevamo visto in passato tante famiglie separarsi, o cadere in disgrazia, senza un soldo, ma per fortuna a noi non passò mai per la testa l'idea di rinunciare l'uno all'altra.

Capitolo cinque
Crocevia

Tornati a casa, mio padre fece domanda per l'*hukou*, il certificato di residenza, e io andai al distretto di polizia locale per riempire il modulo di registrazione per gli ex militari. La situazione politica si faceva sempre più tesa e preoccupante, così mio suocero fu costretto a chiudere la banca ad Hankou e tornare a Linchuan.

Quell'anno, per la Festa di Primavera, ci riunimmo per i soliti giochi di società. Terminati i festeggiamenti, dovetti cominciare a pensare a come guadagnarmi da vivere. Anche mio suocero si mise a pensare al da farsi. Ritornò a Nanchang per parlare con mio padre della possibilità di aprire un negozio. D'accordo, ma un negozio di che tipo? Gestire un negozio tradizionale non faceva proprio per noi, piuttosto pensammo di buttarci nella vendita di prodotti artigianali. Per esempio di noodles. Avremmo comprato la farina e provato a fare la pasta in casa.

Stabilito il tipo di attività, avevamo bisogno di un nome. Sulle prime mio suocero suggerì "Noodles per la gente", ma mio padre disse che il carattere cinese per "gente" era troppo complesso e così propose "Noodles per tutti".

NELLA PAGINA ACCANTO
A sinistra Mio padre e mio suocero parlano del nuovo negozio.
A destra L'insegna di un negozio a Nanchang.

Nel dicembre del 1949 tornammo a Nanchang. All'epoca io avevo ventotto anni, Meitang venticinque. La situazione politica era sempre più preoccupante e mio suocero dovette chiudere la sua banca ad Hankou e ritornare a Linchuan. All'inizio del 1950, passò a trovarci a Nanchang e con mio padre discusse del progetto di aiutarci ad aprire un'attività. Ne parlammo e optammo per un negozio di noodles fatti in casa. Ogni giorno, mio suocero andava in cerca di un locale. Era solito gestire attività e pensava in grande. Ne trovò uno di recente costruzione, su due piani, con un cortile sul retro. Chiese a un suo amico di Hankou di comprare una macchina per fare la pasta, mentre noi presentavamo richiesta per la licenza. Io disegnai il logo del negozio e il segretario di mio padre, Zhao Chunlin, venne a darci una mano con l'attività. Comprammo della farina... e nel giro di tre mesi inaugurammo il locale.

岳父和父亲在商量今后开店的事

南昌“經商”記

一九四九年十二月，我俩回到江西南昌陈家桥十八号，其时我28岁，美棠25岁。

时局日益紧张，生意不好做，泾口的岳父也结束了钱庄的业务，回到江西临川。

一九五〇年年初，岳父即来到南昌，他和父亲商议准备和我俩合开一个店铺，考虑到单纯的“买卖生意”恐怕难做，最好要生产有点劳动力的产品，要么就开个切面店吧，这属于小小的手工业，总比闲坐在家里要好。

岳父起初打算把店名取为“利群”，父亲说：“群”字较难认识，笔划又多，不如改为“民”字，于是决定取名为“利民面店”。

岳父自己每日上街去找店面，他做惯了大生意，眼界大，在象山南路（珠市街口）找到一家新完工的铺子，门面有二三十平方，有两层，后面有一个院子，月租四石米（那时一律以实物计价）。岳父托泾口的朋友买来一架切面机器，我们申请了工商执照，我印好了我设计的卷面纸。父亲的书记赵椿林此时无事，便也加入面店工作，我们买好面粉……于三月间便正式开张营业啦！

In basso Xiangshan Sud. *A destra* Via Zhushi.

Io avevo pensato di prendere un piccolo locale in affitto e iniziare a vendere pochi noodles per vedere come andava, ma mio suocero voleva fare le cose in grande e trovò un grosso locale di nuova costruzione all'incrocio tra le vie Zhushi e Xiangshannan. Era su due piani e al pianterreno, a sinistra, c'era uno stanzino dove avrebbe potuto trasferirsi.

Inviai la richiesta per avere la licenza e stampai centinaia di fogli di carta per avvolgere i noodles, che riportavano il logo che avevo disegnato, il nome del locale e l'indirizzo. Il segretario di mio padre, Zhao Chunlin, ci venne ad aiutare a fare i noodles e a portare l'acqua. Gli davamo vitto e alloggio, ma di uno stipendio non se ne parlava, riceveva solo cinque yuan per le piccole spese. Comprammo anche un vecchio bancone nero a forma di mezzaluna per tre yuan. Aveva un aspetto piuttosto trasandato, ma sulla sinistra mettemmo una libreria con le ante di vetro che dava un tocco di eleganza. Era appartenuta a Mao Yisun, mentre ora la usavamo per lo scopo molto più umile di riporre noodles.

Nella parte anteriore del locale accatastammo una ventina di sacchi di farina di ottima qualità. C'era un tavolo quadrato per i clienti che volevano mangiare in negozio e, contro il muro a destra, avevamo sistemato la macchina per fare i noodles. La cucina era in fondo. Sul retro c'era un ampio cortile, di circa sessanta metri quadrati. Lo recintammo con canne di bambù e generalmente serviva per far asciugare i vestiti, ma quell'anno, per la Festa di Metà Autunno, ci avevamo messo un piccolo tavolo con frutta fresca e altre offerte e ci sedevamo lì ad ammirare la luna. Io e Meitang alloggiavamo al piano superiore.

Io e Zhao Chunlin visitammo altri ristoranti per fare un po' di esperienza e osservare il modo in cui i cuochi più esperti preparavano i noodles. Tornati al locale, provavamo a rifarli, ma la qualità non era mai la stessa e ci venivano o troppo secchi o troppo umidi.

In senso orario, dall'alto in centro Lizhen, mia zia, mio padre, Shouru, la moglie di mio fratello maggiore, mio fratello maggiore, Meitang, io, Zhao Chunlin, mio suocero.

I lavori precedenti all'apertura proseguirono fino a marzo del 1950, quando finalmente inaugurammo il locale. In quel periodo Meitang era già incinta. Il primo giorno mio suocero, che non vedeva l'ora di aprire il negozio, andò a comprare una gran quantità di cibo e di vino e invitò amici e parenti per festeggiare. Quel giorno il locale risuonava di risate e schiamazzi. Lo ricordo come se fosse ieri.

美棠和我喜欢的小吃

Meitang e io amavamo gli stuzzichini di strada
Ravioli ripieni fritti (*in alto*); l'insegna riporta: Parco Songhe (*in mezzo*); tofu fritto (*in basso*).

此时,店中的工作大致
分工如下:岳父(采買,
做飯)平如(做麵,外勤)
美棠(照管柜台),赵
椿林(担水,协助做麵),
另请一女佣(朱妈)做
家事。

一九五〇年四月十九日晚
十时许,希曾出生于
麵店的二樓,请一位姓
聂的助产士接生,在此
前数日,父亲云曾梦
见有一条黑龙在麵店
门前翻腾飞舞。

五月底,为希曾满月之日,我
们在麵店请客,父親、姨姐、大哥、
三弟、祖母留男、姑姑,以及我外婆
家的八舅母、十舅母等各家都
来祝賀,在店中摆了两桌酒,岳
母也自临川赶来,甚为热闹。

NELLA PAGINA ACCANTO
Ci eravamo divisi il lavoro al negozio in questo modo: mio suocero faceva la spesa e cucinava, io preparavo i noodles e mi occupavo dei fornitori, Meitang stava alla cassa, Zhao Chunlin portava l'acqua e mi aiutava con i noodles e Ma Zhu, una domestica, faceva qualche altro piccolo lavoretto.

Alle dieci di sera del 29 aprile 1950, nella stanza sopra il negozio, nacque Xi Ceng, il nostro primogenito. Nei giorni precedenti mio padre aveva visto in sogno un grosso drago nero volare di fronte alla porta del nostro negozio.

Alla fine di maggio, per festeggiare il primo mese di vita di Xi Ceng, invitammo al negozio mio padre, mia zia, i miei fratelli, zio Lu (il fratello di mia madre) e la sorella di mio padre. Venne anche mia suocera da Linchuan. Apparecchiammo due tavoli con cibo e vino in abbondanza e facemmo una grande festa.

Un giorno io e Meitang, mentre camminavamo lungo via Xiangshannan, notammo un cartello che indicava "Parco Songhe". Osservammo il posto per un po' e capimmo che non si trattava di un ristorante bensì di una semplice casa, con due tavolini, dove venivano serviti ravioli fritti. Incuriositi, entrammo a provarli. Avevano un sapore molto buono: la frittura era sottile e croccante e aveva un color oro acceso. Erano cotti al punto giusto e il ripieno era ricco e succoso. Inoltre, costavano davvero poco!

Sull'angolo, all'incrocio con strada Qipan, c'era un piccolo locale, molto famoso, dove si poteva mangiare del tofu fritto. Grossi pezzi di tofu venivano impanati, messi in una pentola con spezie e aromi e fatti cuocere lentamente. Una volta pronti, erano color marrone fuori e soffici e bianchi all'interno. Arrivavano in tavola bollenti ed erano una vera delizia. La sera prendevo una ciotola e andavo a comprarne una manciata, poi ritornavo a casa per gustarli con Meitang.

La sera del 29 aprile 1950 Meitang cominciò ad avere le contrazioni, sempre più forti. Andai subito a chiamare il dottore, mentre mio padre e mia zia restarono con lei. Due o tre ore più tardi, nella stanza sopra il negozio, venne alla luce Xi Ceng e tutti erano così felici da saltare per la gioia. Fu mio padre a scegliere il nome Xi ("speranza") perché nei giorni precedenti aveva visto in sogno un grosso

Gli affari al negozio non andavano bene. Ogni giorno riuscivamo a vendere sì e no due chili di noodles freschi. Non avevamo molti clienti e il guadagno giornaliero non bastava a coprire nemmeno l'affitto.

Zhao Chunlin solitamente dormiva nel negozio, su un letto di bambù appoggiato contro la porta sul retro. Ma una sera probabilmente aveva lasciato la porta un po' aperta e un ladro entrò nel negozio per rubare un sacco di farina e una delle lame per fare i noodles. La mattina seguente, fu mio suocero ad accorgersi del furto.

drago nero volare di fronte alla porta del nostro negozio. Il secondo carattere, Ceng, è comune a tutti i cugini della sua generazione.

Mio suocero era molto bravo ai fornelli. Ogni giorno andava a comprare trippa e fegato di maiale e li cucinava per Meitang. Mia suocera portò da Linchuan scarpette e cappelli fatti a mano per il bambino. In casa nostra non ci si annoiava mai. Quando Xi Ceng compì un mese, organizzammo un'allegra festa in negozio.

Gli affari, invece, non andavamo come ci aspettavamo. Riuscivamo a vendere soltanto i noodles freschi, e non abbastanza. Una notte poi un ladro entrò nel negozio, e ci portò via un sacco di farina e una delle lame della macchina con cui tagliavamo la pasta. Era una delle lame più usate in cucina, senza la quale non potevamo più fare i noodles di taglio medio. All'inizio pensammo che fosse un cuoco che aveva un negozio simile al nostro nelle vicinanze. Poi i sospetti caddero su un omone di Shandong, abile nelle arti marziali, che vendeva erbe medicinali e unguenti in un'erboristeria lì vicino. Ma non avendo prove di alcun genere, lasciammo perdere. Con il passare del tempo, la farina, esposta al sole in negozio, venne infestata dagli insetti, che ne rovinarono il sapore. Gli affari, come potete ben capire, andavano di male in peggio.

2009.2.11.

Una sera, a luglio, venni svegliato da un rumore proveniente da fuori. Aprii la finestra e vidi che gli edifici dall'altra parte della strada stavano andando a fuoco. Le fiamme emanavano un calore spaventoso. Le maggior parte delle abitazioni di Nanchang erano in mattoni e legno: le pareti esterne in mattoni e all'interno veniva usato il legno per dividere le stanze. Se il clima era caldo e secco, gli incendi erano un pericolo costante. Fortunatamente per noi, il vento non soffiava le fiamme in direzione del nostro negozio e le finestre si erano solo un po' bruciacchiate, senza prendere fuoco.

Meitang prese Xi Ceng e tornò a Chenjiaqiao, mentre io rimasi al negozio con Zhao Chunlin. L'incendio continuò fino all'alba, quando finalmente si placò. Ad agosto erano già sei mesi che il locale era aperto e, secondo i calcoli di Meitang, eravamo in grossa perdita. Facendo due conti, decidemmo di chiuderlo e di vendere a prezzi stracciati la macchina per fare i noodles, il bancone e le provviste di farina.

Cercai ovunque un altro lavoro, ma non era semplice. Un giorno, per strada, vidi un volantino attaccato a un palo della luce: assumevano nuove persone specializzate in agrimensura, una branca della topografia. Inviai la mia candidatura. Alla scuola militare avevo studiato un po' di agrimensura, sapevo disegnare le mappe e questo incarico mi interessava. Tuttavia, non ricevetti alcuna risposta. Probabilmente ero sembrato poco affidabile per la mia militanza nell'esercito nazionalista.

In un'altra occasione incontrai un mio amico di vecchia data, Pan Shangu; mi disse che l'azienda di cereali in cui lavorava a Nanchang cercava personale e, visto che aveva un buon rapporto con il direttore, gli avrebbe parlato di me. Poco dopo, Pan mi informò che avevo un colloquio con lui. Quando mi presentai, mi resi conto che quello che ora era l'ufficio una volta era l'aula di una scuola. Vicino alla lavagna, c'erano una panca e due banchi uniti insieme, che fungevano da arredamento dell'ufficio. Un tizio di circa trent'anni, probabilmente il direttore, era seduto al banco. Mi presentai e mi sedetti di fronte a lui. Mi fece domande sulla mia esperienza lavorativa passata. Finito il colloquio, uscii e non ebbi più notizie.

C'era un ragazzo, all'incirca della mia età, che un tempo mia zia aveva assunto a Nancheng. Quando terminava le faccende, la sera, passava a trovarci e a giocare un po' con me, mio fratello e i miei cugini, nel giardino sul retro della casa. Successivamente si arruolò nell'esercito popolare di liberazione e diventò ufficiale. Un giorno passò a Chenjiaqiao a trovare mio padre e mia zia. Li raggiunsi e cominciammo a ricordare i vecchi tempi. Aveva un bell'aspetto e si mise a parlare della vita in caserma. Quando tornai in camera, ero depresso e mi buttai sul letto. Meitang capì il mio stato d'animo e cercò di rassicurarmi, parlandomi della nostra futura vita insieme. A poco a poco mi tranquillizzai e mi convinsi che sarebbe andato tutto bene.

Un giorno, mentre continuavo a cercare lavoro, notai un annuncio che proponeva un corso di ragioneria. Le lezioni si svolgevano di sera e comprendevano nozioni di contabilità, statistica e stenografia. Mi iscrissi subito, pensando che imparare qualcosa non avrebbe potuto farmi che bene. Così ogni sera, dalle sette alle nove, per tre mesi, tornavo sui banchi di scuola. Acquisii le basi per tenere la contabilità, senza sapere bene in realtà che uso avrei mai potuto farne.

初中同学潘善毅，此时在粮食局工作，他说该局正需要招人，他能到科长去为我介绍，某日，潘来告我，其科长约我次日去见面。那时，粮食局连办公的地方都没有，借用一间学校教室，用两张课桌拼在一起，即作为科长的办公桌，其，科长即端坐在上方，对面置一课凳（不能说椅，因无靠背），便是我的座位了。科长询问也无非是过去之经历而已，我亦据实相告，约半小时后辞出。过了数日，消息全无，连潘善毅也看不到了……

某日我逛街时，忽见一广告：“东南会计训练班”招生，培训会计、统计、速记人员，为时半年，每晚在某校教室上课两小时，我即报名参加，学习会计，三个月后即未去，因我觉得统计，速记没有什么用处。

NELLA PAGINA ACCANTO

In alto Pan Shangu, un mio amico di vecchia data, lavorava in un'azienda di cereali e mi disse che cercavano personale. Riuscì a procurarmi un colloquio con il suo capo in un ufficio che in origine doveva essere stato un'aula scolastica. Mi sedetti su una panca di fronte al direttore, che mi pose alcune domande sulle mie precedenti esperienze lavorative e dopo mezz'ora mi congedò. Non ricevetti più nessuna notizia in proposito e da allora non rividi più neanche Pan Shangu.

In basso Un giorno, mentre continuavo a cercare lavoro, notai un annuncio che proponeva un corso di ragioneria. Il corso durava sei mesi e prevedeva lezioni di contabilità, statistica e stenografia. Mi iscrissi subito e frequentai per tre mesi, ma non completai il programma perché pensavo che la statistica e la stenografia non mi servissero.

Una sera, mentre passeggiavo, mi imbattei in Li Zhouguo, un mio compagno delle elementari. Veniva da una famiglia povera e per questo motivo tutti lo chiamavano "il pastorello acido", che nel sud della Cina stava a indicare un tipo magro e avvilito. Io non lo avevo mai preso in giro e andavamo molto d'accordo. Non appena mi vide, mi disse: "Perché non andiamo insieme a vendere peperoncini?" Aveva già pensato a tutto: con due yuan potevamo comprare all'ingrosso una grande cassa di peperoncini e poi rivendere poche unità a un prezzo maggiore. Visto che non avevo nient'altro da fare, accettai di entrare in società con lui, se così si può dire, e andammo a comprare la cassa. La caricammo sulle spalle e la trasportammo via in due.

Arrivammo in una lunga via in periferia. Lì c'era una sala da tè con circa sette o otto tavolini sbiaditi e delle panchine. I proprietari dei locali se ne stavano seduti a riposare o parlare di affari. Poi c'erano alcune persone del posto. Proponevano le verdure e i prodotti locali sulle scale di pietra a chiunque passasse, sorseggiando tè, nella speranza di conquistare un nuovo cliente. Oppure se ne stavano semplicemente seduti a bere il loro tè o a fumare il sigaro.

Noi due cercammo un tavolo dove sistemarci. Erano circa le dieci di mattina e i raggi del sole illuminavano e riscaldavano il locale. Il cielo era limpido, ci sedemmo a bere del tè e, osservando i passanti, pensai che la vita era bella.

Il locale vendeva anche dolci. Ordinammo del Pan di Spagna cinese e delle frittelle avanzate dalla sera prima e aspettammo che qualcuno notasse i nostri prodotti. Purtroppo nessuno si fermò.

Rimanemmo seduti fino alle quattro del pomeriggio quando, rassegnati, prendemmo la nostra cassa piena di peperoncini e ritornammo in città. Il giorno dopo ci recammo nella stessa sala da tè, ci sedemmo, mangiammo qualcosa e bevemmo del tè. Di nuovo, nessuno si avvicinò e perciò ritornammo senza aver venduto nulla. E così via, per una settimana.

Li Zhouguo propose allora di provare ad andare a vendere i peperoncini in città e io acconsentii. Però, visto che non avevamo la licenza di venditori ambulanti, non potevamo andare al mercato, perciò ci fermammo di fronte alla casa di una famiglia benestante. Dopo mezz'ora, una ragazzina di circa dodici anni si avvicinò e comprò mezzo chilo di peperoncini. Quello fu il nostro primo affare. Li Zhouguo teneva la bilancia mentre io, tutto felice, incartavo per bene i peperoncini. La ragazza pagò e dopo pochi minuti

La vendita.

vedemmo un bambino di dieci anni correre verso di noi. Comprò anche lui mezzo chilo di peperoncini. Non potevamo lasciarci sfuggire un'altra vendita e ci affrettammo a preparare i peperoncini anche per lui. Poi, dopo altri cinque minuti, la ragazza di prima ritornò e disse che le serviva un altro mezzo chilo di peperoncini.

Eravamo felici e iniziammo a pensare che la fortuna ci stesse finalmente sorridendo. Dopo una rapida serie di clienti, ci fu un momento di pausa. Mentre si riposava, Li Zhouguo improvvisamente si diede uno schiaffo alla gamba ed esclamò: "Ma no! Che idiota!" Preoccupato gli domandai cosa ci fosse che non andava e lui mi rispose: "Mi sono dimenticato di mettere il piatto per la tara!"

Avevamo comprato una bilancia rudimentale, con un piatto di rame che serviva per misurare la tara. Quel giorno, però, Li si era dimenticato di mettere il piatto e quindi tutti i clienti che avevano comprato i peperoncini in realtà se ne erano andati con più roba di quanta ne avessero pagata. Ecco perché tornavano a frotte!

Tornati a casa, Meitang e tutti gli altri cominciarono a prendermi in giro dicendo che di affari non capivo niente, perciò che motivo c'era di buttarsi nel commercio? Ci sentivamo così frustrati che decidemmo di rivendere all'ingrosso, a prezzo ridotto, tutti i peperoncini che avevamo acquistato e la finimmo lì.

A fine anno, verso la metà di dicembre, ricevemmo una lettera di mio zio che viveva a Shanghai e gestiva un grosso ospedale, il Dade. Avevano bisogno di un contabile e mi consigliò di presentarmi per un colloquio.

Mi consultai con Meitang, mio suocero e mio padre e decidemmo che non valeva la pena rimanere lì. Sarei partito dopo pochi giorni.

Andai alla stazione ferroviaria di Nanchang per fare il biglietto. Quel giorno non c'era anima viva. All'entrata vidi un foglio alla parete con le norme e le regolamentazioni della stazione. Sulla destra c'era uno sportello per i biglietti.

Feci il biglietto e mi guardai di nuovo intorno: non vidi altro che qualche sacchetto dell'immondizia abbandonato in un angolo.

Quella sera, mio padre e mia zia prepararono una festa di addio e invitarono anche mio suocero. Terminata la cena, ci sedemmo a parlare e mio padre si mise a fumare la sua pipa ad acqua. Senza saperlo, quella sarebbe stata l'ultima serata che io e mio padre avremmo passato insieme.

Meitang si lamentò perché quando Xi Ceng piangeva, a volte io gli davo uno scappellotto. Così mio padre mi disse: "Smettila di picchiarlo! Traccerò intorno a lui una 'zona franca' dagli scappellotti!" E mentre parlava, si avvicinò a Xi Ceng soffiando fuori il fumo sotto forma di tanti piccoli cerchietti che avvolgevano il suo visetto. Xi Ceng, che a quell'epoca aveva sette mesi, lo fissava con gli occhi sgranati e poi seguiva con lo sguardo la piccola nuvola di fumo che si dissipava nell'aria. Prendemmo la decisione che sarei andato prima io a Shanghai e, dopo un po' di tempo, Meitang mi avrebbe raggiunto con sua sorella Yutang e il piccolo.

Partii una mattina presto, verso la fine di dicembre. Salii sul risciò per la stazione e mi sedetti sistemando la valigia sotto i piedi. Mio padre, mia zia, Meitang, mio fratello e sua moglie erano usciti per salutarmi. L'autista era pronto a partire. Mi voltai di nuovo verso mio padre e lo guardai: forse dentro di me sentivo che non l'avrei più rivisto. Dopo quel giorno, ritornai a Nanchang solo nel 1958. Quella fu l'ultima volta che i miei occhi incontrarono quelli di mio padre.

Quando arrivai a Shanghai il sole era già tramontato. Presi una carrozza e mi recai al numero 1136 di via Huashan. Mio zio e sua moglie mi stavano aspettando sulla porta. Quella sera dormii su una brandina che avevano aggiunto in camera di mio cugino.

十月，于晚，我什么事也不干，在家赋闲，晚上玩梭哈，时常是赢家，倒也快乐非凡。十二月中旬，上海的十三舅忽来一信，说大德医院总院需要一名会计，希望我去上海担任此职，闻此喜讯，父亲、岳父、姜

棠、希曾全家人都非常开心，是日晚间，姨姐备了几个好菜，请岳父一道吃饭，饭后大家在厅堂灯下闲谈，憧憬着未来的前景，父亲说：“夜长梦多，不宜多耽搁，过几天就动身吧。”众人称是。此时，父亲吸着水烟，用纸捻（点火用，江西人称纸枚子）在希曾脸前转来转去，纸端的缕缕青烟在希曾眼前缭绕，希曾瞪大着眼睛，骨碌碌地随着那烧红的纸捻转个不停。……这是一个欢乐的夜晚，因为，大家知道，从此我便有了一个站立在社会上的立脚之地，也便有了安定的收入，平稳的生活，也从而解除了父亲、岳父等人对我们生活的担忧。

左图：水烟筒略图

烟草又称黄烟，呈绒丝状，置入烟草盒内，用时取少许置烟斗孔内，用纸捻吹着火后，点燃烟草，用嘴吸之，烟雾经过水箱时发呼噜之声，入口后经鼻孔呼出。

在车上我不禁回头再看了父亲一眼

Nel risciò qualcosa mi spinse a girarmi e guardare un'ultima volta mio padre.

NELLA PAGINA ACCANTO

In alto, da sinistra a destra Mia zia, io, mio padre, Xi Ceng, Meitang, mio suocero, Shouru, Lizhen, Yin Ceng.

Era ottobre ed ero ancora senza lavoro. L'unica cosa che facevo era bighellonare per casa, giocando un po' a carte la sera. A metà dicembre, arrivò una lettera di mio zio che diceva che uno dei più grossi ospedali di Shanghai cercava un contabile e mi consigliò di fare un colloquio. Dopo averlo saputo, mio padre, mio suocero e Meitang furono molto felici. Festeggiammo con un'ottima cena e dopo mangiato parlammo delle mie prospettive future. Mio padre mi disse: "Chi dorme non piglia pesci. Inutile rimandare, dovresti partire tra un paio di giorni." Tutti erano d'accordo. Fu proprio una bella serata. Eravamo consapevoli che quel lavoro mi avrebbe assicurato una buona posizione e un salario fisso. Ci saremmo sistemati e mio padre e mio suocero non avrebbero più dovuto preoccuparsi per noi.

In basso La pipa ad acqua di mio padre.

Dall'alto in senso orario: cannello della pipa, coperchio dello scomparto portatabacco, portatabacco, contenitore per l'acqua, bocchetta, apertura della bocchetta. Per fumare si deve prendere un pizzico di tabacco, metterlo nella bocchetta e accenderlo con un fiammifero. Una volta accesa la pipa, si deve aspirare dal cannello cosicché il fumo passi attraverso l'acqua, con un suono gorgogliante, arrivi in bocca, e poi fuori attraverso le narici.

Con Meitang avevamo progettato che io sarei andato da solo a Shanghai portando la maggior parte delle nostre cose e, una volta trovata un'abitazione adeguata, lei mi avrebbe raggiunto con sua sorella e il bambino. All'inizio presi in affitto una casa in via Shandongan e poi comprai per circa trecento grammi d'oro una casa con due camere da letto al numero 18 di via Xinyongan. Con il passare degli anni, nacquero figli che poi crescevano, viaggiavano, ritornavano, si trasferivano, mentre io e Meitang passammo quasi mezzo secolo sotto quel tetto.

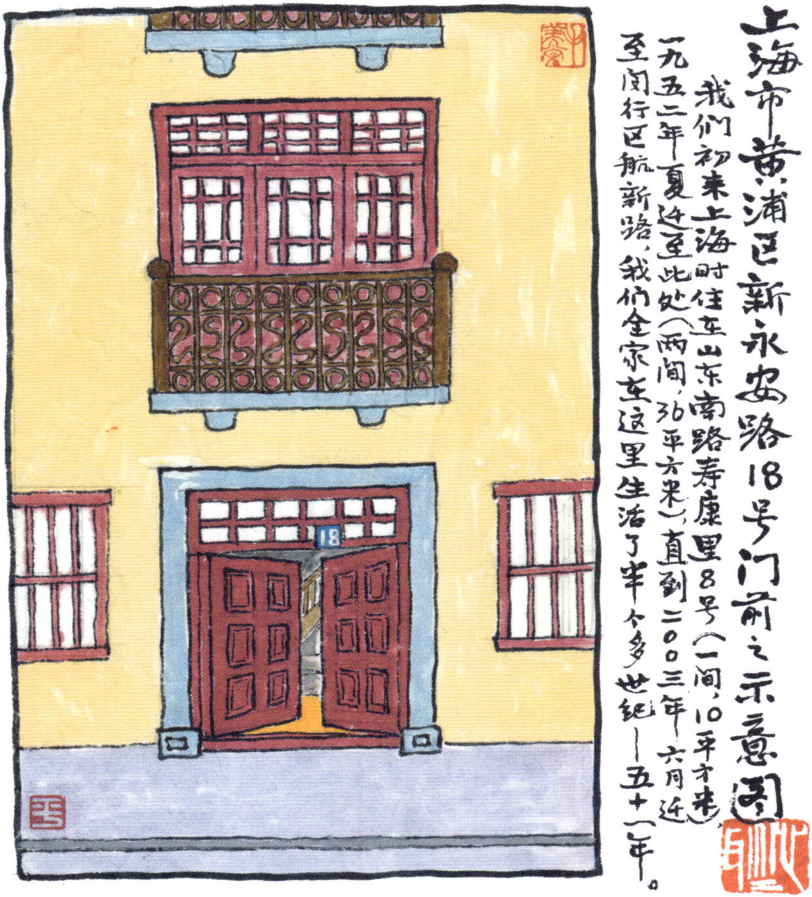

Disegno dell'ingresso di via Xinyongan 18, distretto di Huangpu, Shanghai
La nostra prima casa a Shanghai fu un monolocale di 10 metri quadrati.
Nell'estate del 1952 ci trasferimmo in via Xinyongan, due stanze e 36 metri quadrati.
Tutta la nostra famiglia visse lì per più di mezzo secolo, fino a quando,
nel giugno del 2003, ci trasferimmo nel distretto di Minhang, in via Hangxin.

大德医院的办公室

L'ufficio dell'ospedale dove lavoravo

Da sinistra in senso antiorario Zio Yang Yuanji, direttore dell'ospedale e della casa editrice Dade; zia Zhang Yuling (la moglie di mio zio); io, contabile dell'ospedale e redattore della casa editrice; il primario di medicina e direttrice dell'ospedale.

All'ospedale Dade avevo due incarichi e, dunque, doppio salario. Prima di tutto ero il commercialista dell'ospedale, mansione per la quale avevo studiato, e poi ero anche il redattore per la casa editrice Dade, compito che svolgevo con interesse e passione. A quei tempi la nostra vita familiare a Shanghai era intensa e allegra.

All'inizio degli anni cinquanta, Shanghai era una città molto attiva e vivace: ogni fine settimana, molti sindacati dei lavoratori, tra cui il sindacato dell'ospedale in cui lavoravo, organizzavano feste e riunioni. Meitang adorava ballare e incontrare gli amici, e non perdeva occasione di farlo. All'epoca, frequentavamo anche le sale da ballo private, che erano ancora aperte.

NELLA PAGINA ACCANTO

In alto, a sinistra La sposa canta, il marito l'accompagna suonando l'armonica.

In alto, a destra "Le nuvole si disperdono, la luna risplende e noi siamo pieni di gioia. Sulla lucente acqua del laghetto, una coppia fedele di anatre mandarine gioca. Boccioli rossi e foglie verdi, due fiori di loto gemelli su un solo stelo. Tutto ciò che si ama viene a coppie. La tiepida brezza sfiora i bellissimi fiori. Una dolce tenerezza permea ogni cosa." Versi tratti da *Blooming Flowers and the Full Moon*

In basso Disegno di Pingru agli inizi degli anni novanta.

浮雲散，明月照人来，团圆美
满今朝最。清浅池塘，鸳鸯
戏水。紅裳翠盖，并蒂莲
开。双〻对〻恩〻爱〻，
这暖风儿正对着好花儿吹。
柔情蜜意，满人间。
壬辰四月平如学画，时年九十

妇唱夫随

Finalmente d'accordo con Meitang

In alto "È troppo lontano. Non riesco a vedere!"

In basso "Questo posto va bene."
"Oh, d'accordo… ci vedo bene anch'io."

半斤八两

Due della stessa pasta

Da sinistra a destra "Scusa, zietta, qual è il cavolo di Pechino?"
"Ma ce la farai a mangiare tutta quest'erba cipollina che hai piantato?"

Oltre ad andare a ballare, andavamo anche al cinema. La mia vista era buona, ma Meitang non vedeva bene da lontano. Se ci sedevamo nelle file centrali o in fondo, Meitang non riusciva a vedere bene i film, perciò decidemmo di sedere sempre nelle prime file. Con il tempo, anche io cominciai a vederci poco. In qualche modo, questa divenne una cosa che avevamo in comune.

Durante la guerra contro il Giappone, per sfuggire alle bombe, tutta la famiglia di Meitang si era rifugiata in un villaggio vicino a Hankou. La prima volta che vide una risaia, Meitang pensò che fosse erba cipollina e la cosa divenne ben presto la barzelletta del villaggio. Io, dal canto mio, non ero mai stato in un mercato, finché non andammo a fare la spesa a Shanghai. Siccome non sapevo distinguere un cavolo normale dal cavolo di Pechino, quella volta fui io a diventare lo zimbello del villaggio. Era così che ci prendevamo in giro di fronte ai bambini per farli divertire.

向美棠宣传"无痛分娩法"

Il metodo per partorire senza dolore di Pavlov
"Fa male?"
"Sì, ahi!"

La casa editrice Dade pubblicava una rivista dal titolo "L'igiene dei bambini. Consigli per mamme"; una volta lessi un articolo sul "metodo per partorire senza dolore" di un certo dottor Pavlov. Sembrava alquanto interessante e, non appena arrivato a casa, ne parlai con Meitang. Lei mi ascoltò e poi mi chiese, scettica: "Ma questo Pavlov è un uomo o una donna?" "Un uomo…" Non riuscii a finire la frase che lei subito mi diede un pizzicotto sulla coscia. "Fa male?" domandò lei. "Sì, ahi!" feci io. "Solo le donne partoriscono, quindi che ne sapete voi se fa male o no?" rispose lei.

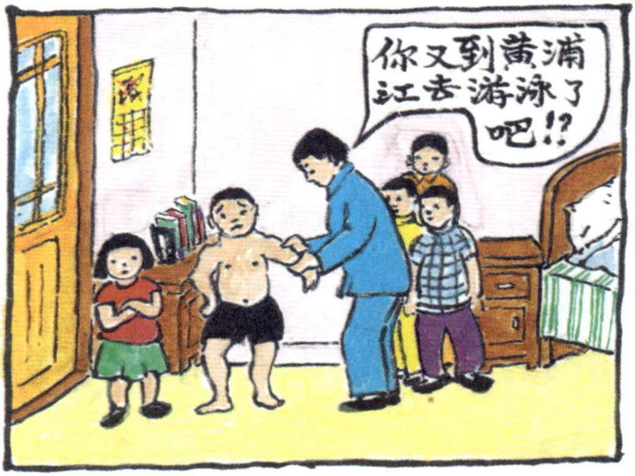

美棠用指甲划肤断案

Meitang graffia con le unghie la pelle di Shen Ceng
"Hai di nuovo nuotato nel fiume Huangpu, vero?"

Meitang ci sapeva fare con i bambini e le loro marachelle. In quei giorni d'estate, tutti i bambini andavano al fiume Huangpu a nuotare. A Shen Ceng piaceva molto nuotare, e quando aveva dodici anni attraversò il fiume a nuoto. Ma a volte le guardie che controllavano il fiume, per motivi di sicurezza, non facevano entrare nessun bambino in acqua. Allora quando vedevano qualcuno arrivare, i bambini si allontanavano svelti e si andavano a nascondere nei posti più impensabili. Un giorno Shen Ceng si nascose immergendosi sotto una barca, che era una cosa alquanto pericolosa. Dopo quella volta, Meitang non lo mandò più al fiume. Però Shen Ceng aveva trovato un modo per non essere scoperto: si sdraiava sulla riva del fiume e si asciugava al sole, pensando che così sua madre non avrebbe capito che era andato a fare il bagno. Tornato a casa, Meitang lo ispezionava bene, gli sollevava il braccio e, con l'unghia, gli faceva un graffio che avrebbe lasciato un segno bianco se la pelle fosse stata immersa in acqua. "Sei andato di nuovo a nuotare!" urlava.

顺曾走丢了

Il giorno in cui Shun Ceng si era perso
Testo nel cartello rosso: "Al servizio dei cittadini".

A quei tempi in strada c'erano molte parate di soldati, che a Shun Ceng – un altro nostro figlio – piacevano molto. Una volta, aveva appena quattro anni, si mise a seguire da solo la banda in parata e si smarrì. Lo cercammo dappertutto e, presi dal panico, cominciammo a chiedere in giro se qualcuno lo avesse visto. Meitang mi suggerì di andare a domandare in ogni stazione di polizia della zona. Sulla strada verso la stazione in via Songshan, mi dissero di aver trovato un bambino che si era smarrito. Mi precipitai con la mia bicicletta. Ormai era buio. Trovai Shun Ceng seduto su un tavolo da ping-pong a mangiare del pane che gli aveva dato un ufficiale. Un altro poliziotto invece suonava il flauto traverso, giusto per distrarlo un po' e tranquillizzarlo. Si stava divertendo!

Da piccoli, i nostri figli disegnarono quello che avrebbero voluto fare da grandi, ma alla fine le loro strade presero altre direzioni. Questo disegno paragona le aspirazioni che avevano da piccoli con le carriere che intrapresero davvero, giusto per vedere come sono effettivamente andate le cose.

NOME	ASPIRAZIONI DA GIOVANE	LAVORO ATTUALE
Xi Ceng	Scienziato	Direttore nel settore del commercio con l'estero
Shen Cheng	Capitano	Insegnante di educazione fisica
Le Ceng	Poliziotto	Direttore di un'azienda statale
Shun Ceng	Ingegnere	Medico
Yun Hong	Cantante	Incisore

Tutto da colorare.

Comprai ai bambini un grosso album di foto che, in copertina, recava la scritta “Tutto da colorare!” così da incoraggiarli a disegnare i loro pensieri e le cose che li incuriosivano. Da piccoli, ciascuno aveva disegnato quello che avrebbe voluto fare da grande. Ma la vita non li accontentò.

Nel 1957 la situazione politica cambiò drasticamente. Il 28 settembre 1958, fui condotto presso il *laojiao* di Anhui per la “rieducazione attraverso il lavoro” e rimasi lontano da casa e dalla mia famiglia per ventidue anni. Ciò creò non pochi problemi all’armonia e alla stabilità familiare. Durante tutti questi anni i miei cinque figli attraversarono le fasi più importanti della loro crescita. Andarono a scuola, studiarono, andarono anche a lavorare nei campi (come ordinava il Partito comunista durante la Rivoluzione culturale), si innamorarono. Mia suocera era ormai anziana e l’intera famiglia che avevo lasciato versava in condizioni di povertà. Fu Meitang a farsi carico, da sola, di tutto. Avevamo visto in passato tante famiglie separarsi, o cadere in disgrazia, senza un soldo, ma per fortuna a noi non passò mai per la testa l’idea di rinunciare l’uno all’altra.

L’inverno si stava addentrando nei suoi giorni più freddi, ma la primavera non sembrava poi così lontana.

Capitolo sei
Mi chiedi quando tornerò

Pochi giorni dopo la mia partenza, l'ufficio del personale della casa editrice convocò Meitang e le consigliò di chiedere il divorzio (o, come dissero loro, "mettere un punto" alla nostra storia). Meitang non ci fece caso.

Molti anni dopo, ne riparlammo e lei mi disse al riguardo: "Avrei divorziato immediatamente se tu avessi avuto un'altra relazione... ma tu non hai tradito la patria, non hai rubato o truffato lo stato, non hai fatto nulla di male, perché avrei dovuto divorziare da te?"

Nel 1958 Xi Ceng, il nostro primogenito, aveva solo nove anni ma già sapeva che la vita cominciava a farsi difficile. In quel periodo la campagna per la produzione di acciaio era in pieno svolgimento e un giorno, mentre passeggiava sul Bund, vide un gruppo di operai che si davano rumorosamente da fare vicino a un mucchio di rottami di ferro, spostando i pezzi dall'altro lato della strada. Xi Ceng si fermò a guardare cosa facessero. Accorgendosi della sua presenza, uno di loro gli fece: "Ehi, vuoi aiutarci a spostarli?" Lui annuì e gli operai gli assegnarono qualche pezzo di ferro leggero da portare. Alla fine della mattinata, gli diedero una paga di cinque yuan che lui prontamente consegnò a sua madre non appena arrivò a casa. Meitang gli chiese come si fosse procurato quei soldi e, sconvolta, gli ordinò di non fare mai più una cosa del genere, neanche per dieci milioni di yuan.

划清界线

Meitang nell'ufficio del personale della casa editrice.
"Metti un punto alla vostra storia!"

希曾9岁时在外滩搬运钢铁

Xi Ceng, a nove anni, aiuta gli operai a spostare pezzi di ferro da una parte all'altra della strada.

在上海自然博物館工地上背水泥

Meitang trasporta sacchi di cemento al cantiere.

Per poter far fronte alle spese, Meitang spesso faceva qualche lavoretto temporaneo. Una volta, ad esempio, andò al cantiere del Museo di storia naturale per trasportare sacchi di cemento. Questo le causò danni permanenti alla schiena e ai reni.

Nonostante la lontananza, io e Meitang non smettemmo mai di scriverci lettere e, quando i nostri figli diventarono grandi, iniziarono anche loro a inviarmi lettere.

还差一分钱

Manca un jiao!

Accanto alla fabbrica di automobili di Liu An, dove mi avevano mandato, c'era un piccolo negozio che vendeva anche francobolli. Una sera, ci andai per imbucare una lettera e cercai in tasca qualche spicciolo. Senza sapere bene quanti soldi avessi, mi avvicinai al bancone e chiesi alla commessa un francobollo da sette jiao. Misi le monete sul tavolo e cominciai a contare: uno, due, tre, quattro, cinque, sei… ne mancava uno! La commessa, a questo punto, si riprese il francobollo e io non potei fare altro che mettere via le monete e andarmene senza aver spedito quella lettera alla mia famiglia.

神奇的乳白鱼肝油

Il miracoloso olio di fegato di merluzzo.

Nell'autunno del 1959, a poco dall'inizio della cosiddetta "grande carestia cinese", all'improvviso sviluppai un edema: cominciai ad avvertire forti dolori addominali, la pancia si gonfiò come un palloncino, sembrava che la pelle si fosse staccata dalla carne. Le gambe invece si erano rimpicciolite fino a sembrare due stecchini. Non avevo male, semplicemente non riuscivo a camminare bene. L'infermiera mi diede un permesso per malattia e mi consigliò di riposarmi, ma la situazione non migliorò di molto. Per fortuna proprio quel giorno ricevetti un pacco da Meitang contenente una bottiglia di olio di fegato di merluzzo.

美棠因腰痛去看病

Meitang va dal dottore per i dolori alla schiena.

Quella mattina, come sempre, avevamo da mangiare una porzione di *sekihan*, un piatto a base di riso bollito con fagioli; ne misi una grossa cucchiaiata in una tazza, aggiunsi quasi mezza bottiglia di olio di fegato di merluzzo e mescolai il tutto. Quel piatto di riso mi sembrò la cosa più buona al mondo e mi sentii subito meglio dopo averlo terminato. Entro il giorno successivo mi ero scolato la bottiglia fino all'ultima goccia, il gonfiore cominciò a scomparire e guarii del tutto.

Meitang, invece, aveva continuamente dolori alla schiena e così decise di andare in ospedale per un controllo. Il medico le prescrisse delle medicine che sarebbero costate uno sproposito, più di dodici yuan al mese. E dove li andava a prendere tutti quei soldi? Meitang non tornò più dal dottore.

大家來看看他的"八卦衣"!

Tutti ammirano l'abito con gli otto trigrammi di Le Ceng.

Mia suocera era molto brava a cucire ed era costantemente impegnata a rammendare i vestiti logori dei nostri cinque figli. Prima cuciva insieme tutti i pezzi di diversi colori, poi li tingeva di indaco. L'effetto finale era incredibile: sembravano nuovi. Un giorno Le Ceng andò a scuola con indosso uno di quei vestiti, una giacca che sembrava l'abito di scena decorato con gli otto trigrammi tipico di un personaggio dell'Opera di Beijing. La maestra rimase di stucco e lo condusse in segreteria affinché tutti gli insegnanti potessero ammirare quello splendido "capolavoro fatto a mano".

我的"小发明"之一
——铅丝、车胎补鞋法

1

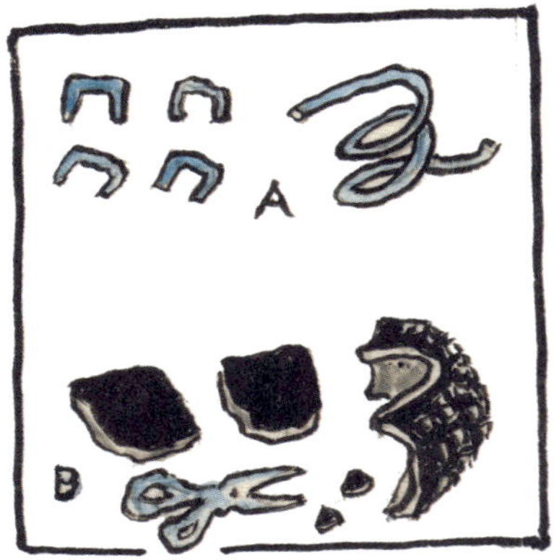

2

3

Le mie "invenzioni": metodo di riparazione delle scarpe

1. Le mie vecchie scarpe avevano due grossi buchi nel tacco tutto consumato.

2. Ho preso un filo metallico e poi con una vecchia morsa ho realizzato quattro spesse graffette (A); ho ritagliato da un copertone due piccoli pezzi quadrati di gomma di dimensioni più o meno simili al tacco delle mie scarpe (B).

3. Ho fatto dei buchi sui tacchi delle scarpe e ho attaccato i due pezzi di gomma ai tacchi inserendo le graffette e ripiegandone le estremità con un martello.

Grazie a questo metodo, le scarpe potevano durare dai quattro ai sei mesi in più.

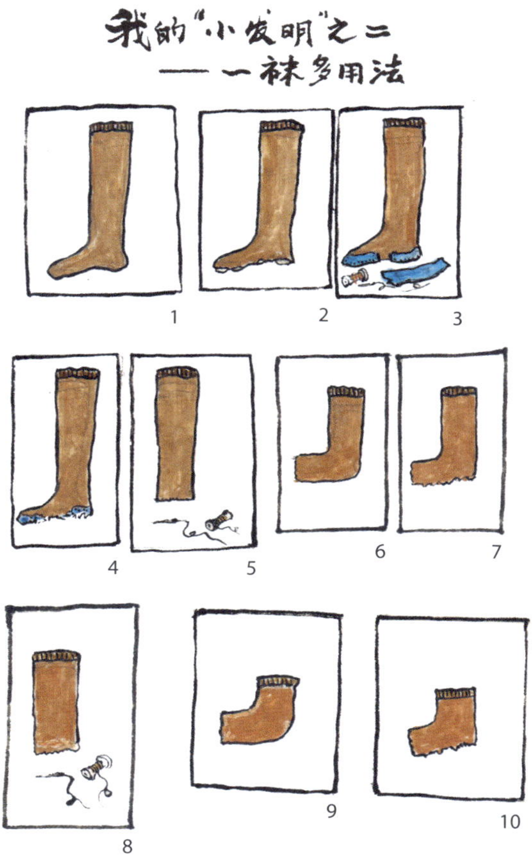

La mia seconda "invenzione": come aumentare la durata di vita di un calzino
1. Una calza lunga. **2.** Lo stesso calzino ormai consumato. **3.** Ho rammendato il calzino mettendoci una toppa spessa. **4.** Con il tempo, le toppe si sono strappate e il calzino è tornato come prima. **5.** Ho tagliato via la parte rotta e cucito l'estremità della stoffa rimasta. **6.** Gli ho dato la forma di un calzino, solo un po' più basso. **7.** Anche il nuovo calzino si è rotto. **8.** Di nuovo, ho tagliato la parte rovinata e ho cucito l'estremità. **9.** Gli ho dato la forma di un calzino, ancora più basso del precedente. **10.** Il calzino corto logoro può essere gettato via.

伴我十年的列宁装

Il mio cappotto Lenin

1. All'inizio degli anni cinquanta andavano molto di moda i cappotti Lenin. Comprai uno di questi cappotti ma lo indossavo solo nei giorni di festa o per qualche incontro importante. Era il mio "vestito da cerimonia". Nell'autunno del 1958, quando fui mandato ad Anhui, Meitang tolse la pelliccia del collo e mi spedì il cappotto, per proteggermi dal freddo. **2.** Il cappotto cinque anni dopo. **3.** Il cappotto dieci anni dopo. Avevo apportato alcune modifiche, aggiungendo qualche toppa e poi ricoprendolo tutto con della stoffa bianca che cucii con un filo bello spesso. Visto che non c'erano i bottoni, quando lo indossavo lo tenevo chiuso in vita con una cintura. Questo cappotto aveva tre funzioni: lo scopo principale era proteggermi dal freddo e ripararmi dal vento; poi, essendo molto spesso, mi proteggeva anche dalla pioggia; infine lo usavo come piumone quando andavo a dormire. Con tutte quelle aggiunte, toppe e modifiche, ora il cappotto pesava più di cinque chili. **4.** Nell'estate del 1968, dopo dieci anni, fui trasferito a lavorare in una fabbrica di automobili a Liu An. A questo punto il cappotto non mi serviva più. Perciò lo lavai, lo piegai per bene e lo lasciai sopra il letto della bettola dove alloggiavo. Durante i rigidi inverni di quegli anni mi aveva tenuto al caldo.

I bambini, felici, mangiano i dolci

All'epoca, una volta al mese venivano concessi buoni per comprare dolci. Meitang li usava per comprare *taitiao* (un tipo di alga) e frittelle per i nostri figli, che le adoravano. Di solito le portava in tavola dopo cena e ne dava una a ciascuno, mentre facevano i compiti.

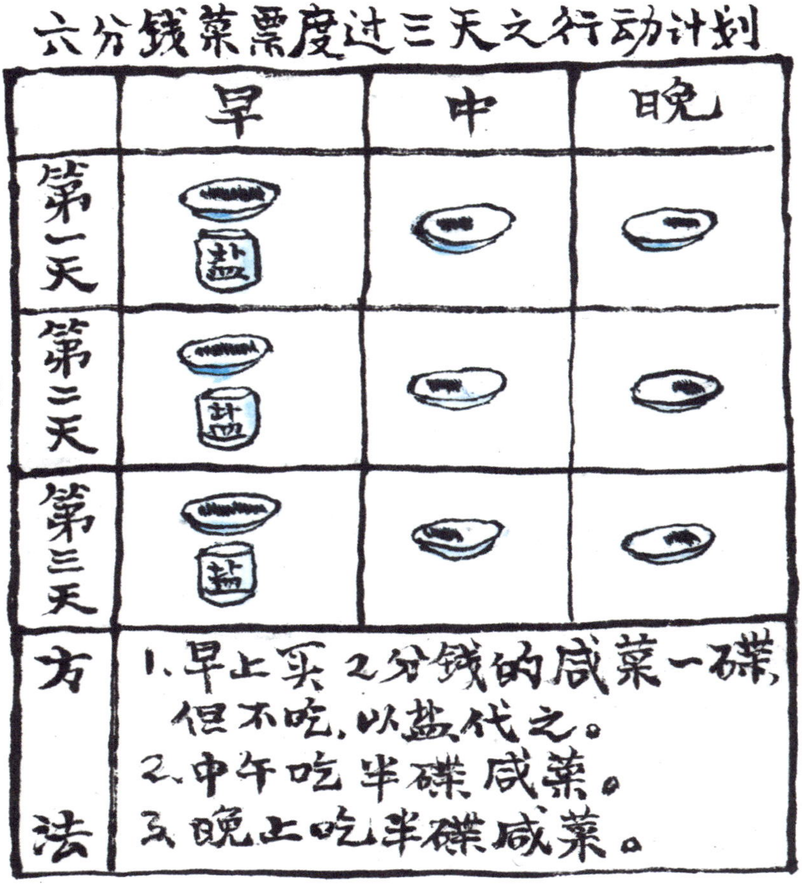

Senza l'aiuto di Meitang mi sarei ritrovato in cattive acque.
Come fare a sopravvivere spendendo sei yuan ogni tre giorni

1. Al mattino compravo un piatto di verdure (due yuan).
Non le mangiavo e mi facevo bastare il sale per colazione.

2. Per pranzo, mangiavo mezza porzione di verdure.

3. Per cena, mangiavo l'altra mezza porzione di verdure.

All'inizio degli anni sessanta, Meitang aveva trovato un lavoro, nel distretto di Huangpu a Shanghai. Era molto brava e spesso toccava a lei prendere appunti o tenere i registri. Quando bisognava assemblare un nuovo componente era sempre Meitang ad andare in fabbrica per imparare il procedimento corretto e insegnarlo poi alle sue colleghe. Si lavorava a coppie e tutte volevano fare squadra con Meitang così da ottenere ottimi risultati senza troppa fatica. La caposquadra aveva grande fiducia e stima di Meitang e ogni volta che c'erano problemi o discussioni si rivolgeva a lei per farsi consigliare. Meitang era amichevole e piena di risorse e le colleghe le chiedevano spesso aiuto per compilare documenti o scrivere lettere ai loro cari. Dopo il lavoro, ogni giorno, Meitang tornava di corsa a casa, per sbrigare le faccende domestiche e preparare il pranzo per i bambini. Se aveva tempo scriveva lettere per me o scriveva quelle delle sue colleghe. E poi faceva la coda per ritirare i buoni pasto, cosa che le portava via molto tempo.

美棠替生产组的同事写信

Meitang aiuta le sue colleghe a scrivere le lettere.

生产组小组长来我家找美棠商量事情

La caposquadra chiede consiglio a Meitang su alcuni problemi di lavoro.

Momenti di gioco durante i pasti. Il gioco del "mangia la pistola"
1. Quando Meitang lavorava alla comune, correva ogni giorno a casa a mezzogiorno per preparare il pranzo ai bambini. **2.** Qualche volta, però, se non faceva in tempo, diceva loro di arrangiarsi da soli. Dava a ciascuno un piccolo pezzo di impasto, così che potessero fare le frittelle. **3.** Shun Ceng, il nostro quarto figlio, aveva sempre idee creative per i giochi. Una volta, quando fu il suo turno di preparare la frittella, le diede la forma di una pistola e fece una "pistola-frittella". **4.** "Non muovetevi!" ordinò, puntando la "pistola" alla testa dei fratelli più grandi. **5.** Il nostro secondogenito, Shen Ceng, strappò via con un morso metà della pistola. **6.** L'attentato del pistolero spaccone fallì miseramente quando perse metà del suo pranzo. Si buttò a terra in lacrime!

变脸

Il volto della signora Fan cambia espressione.

L'intera famiglia era stigmatizzata per il fatto che io fossi stato recluso in un campo di lavoro. Meitang, a Shanghai, soffriva più per questo che per il duro lavoro.

Mi raccontò di quando una volta dovette girare per tutti i vicoli del quartiere alla ricerca di una sua collega, Fan. Quando la trovò, la donna era di spalle e Meitang la chiamò forte: "Signora Fan!" Nell'attimo in cui l'altra si voltò, Meitang poté vedere il sorriso radioso congelarsi sul suo volto nel riconoscerla. Quanto sanno essere volubili gli esseri umani!

無处求助 祷告苍天

Meitang si affida alla preghiera, sua ultima speranza.

Nel 1968 Xi Ceng aveva terminato il liceo. Meitang sperava che trovasse lavoro in un'industria statale così da poter contribuire al reddito familiare e anche aiutarla un po' con le faccende di casa. Ma il comitato di propaganda che assegnava incarichi ai neodiplomati insistette perché lasciasse la città e andasse a lavorare nei campi, così come richiedeva il governo durante la Rivoluzione culturale. In questo modo, però, non solo non avrebbe potuto aiutare a casa, ma avrebbe avuto bisogno lui stesso di un supporto economico da parte della famiglia.

Meitang implorò il comitato di ripensarci, ma senza successo. Una sera, nel bel mezzo della notte, la piccola Yun Hong si svegliò e trovò sua madre in ginocchio fuori sul balcone a pregare. Non le era rimasto davvero nessun altro a cui rivolgersi.

给熟睡中的女儿戴上金手镯

Meitang mette il braccialetto d'oro al polso di Yun Hong addormentata.

Due giorni dopo, il comitato di propaganda fu trasferito altrove e ne arrivò uno nuovo. Non appena Xi Ceng ricevette la notizia, informò subito sua madre, che si precipitò a scuola, cercando di spiegare ancora una volta la situazione. Il comitato acconsentì alla sua richiesta. Così Xi Ceng fu mandato a lavorare in una fabbrica che produceva radio a Shanghai. A quanto sembra, qualcuno lassù aveva ascoltato le sue preghiere.

Durante quegli anni, Meitang aveva venduto un po' alla volta tutti i beni di famiglia che avevamo per poter pagare le spese. I bambini uscivano in strada e si mettevano a vendere le sue collane per strada. Meitang aveva ricevuto in dote cinque paia di bracciali d'oro quando ci eravamo sposati, ma alla fine gliene era rimasto solo uno. La sera prima di venderlo, guardò a lungo la nostra piccola Yun Hong che

当掉了羊皮袄子

Meitang impegna il cappotto di pelle di montone.

dormiva accanto a lei. Ogni genitore vorrebbe lasciare qualcosa di bello ai figli in eredità, ma purtroppo nel suo caso non era possibile. Perciò l'unica cosa che Meitang poteva fare era metterle il braccialetto d'oro al polso e lasciarla dormire così per una notte. La mattina seguente, all'alba, glielo slacciò delicatamente e andò a venderlo.

Nel 1969, Shen Ceng e Xi Ceng furono mandati nello Jiangxi a lavorare nei campi. Ormai Meitang aveva venduto quasi tutto ciò che possedeva. L'unica cosa rimastale era il cappotto di pelle di montone ricevuto in eredità da mia mamma. Meitang lo adorava e sperava che avrebbe continuato a tenerla al caldo anche da vecchia. Ma i nostri due figli impegnati a lavorare nei campi avevano bisogno di beni di prima necessità. Non sapendo cos'altro fare, prese la pelliccia e la portò al banco dei pegni.

一张“可怜”的小木桌

Il povero tavolino

L’insegna del negozio riporta: “Acquistiamo oggetti di seconda mano”.

Uscì di casa e camminò dritta fino alla stazione Laoximen, cercò chi offrisse la cifra più alta e ne ricavò sessanta yuan. C'è un proverbio adatto a questa situazione: "Tagliarsi un pezzo di pelle per coprire una ferita." Meitang conservò tutte le ricevute dei pegni in una grossa scatola di metallo fin quasi a riempirla, ma purtroppo non ebbe mai la possibilità di recuperare i beni che aveva venduto.

Una volta, negli anni cinquanta, avevo comprato un tavolino di legno, che nel tempo venne utilizzato come tavolo da pranzo, da cucito o come scrivania per studiare.

Erano passati quasi vent'anni, i nostri figli erano diventati adulti e il tavolino era ormai troppo piccolo per loro. Cercarono di rimetterlo un po' a nuovo ma, nonostante il fil di ferro e i chiodi, il tavolo era un po' vacillante e la vernice si scrostava ovunque.

Nella comune dove era stato mandato Shen Cheng la manodopera e il legname costavano poco così si era fatto fare un set di mobili e li aveva spediti a Shanghai. Tra questi c'era un tavolo quadrato da otto posti, così non c'era più spazio per tenere il tavolo che avevo comprato io. Perciò Meitang chiese a Le Ceng di vedere se riusciva a ricavarne qualche soldo. Lui lo portò in un negozio di seconda mano e lo vendette per due yuan. Il negoziante prese il tavolino e lo gettò in un angolo, dove giacque tutto storto. A quella vista Le Ceng, che era un bambino molto sensibile, scoppiò in lacrime.

为了不让脑子过于"清闲"，我一边劳动，一边读书。

Durante le pause al lavoro, tengo attivo il cervello studiando l'inglese.

Durante i primi dieci anni trascorsi ad Anhui fui assegnato a un campo di lavoro vicino al fiume Huai. Il lavoro era semplice e non richiedeva sforzi mentali. Perciò, per mantenere il cervello attivo, ricopiavo su pezzi di carta le frasi di un libro in inglese che Meitang mi aveva spedito. In inverno tenevo questi pezzi di carta in tasca, mentre d'estate li nascondevo nel cappello di paglia. Durante le pause li leggevo e ripetevo le frasi tra me e me. Perlomeno mi offrivano una piacevole distrazione.

蚊帐里面练指法

Mi esercito con il "violino" sdraiato sul mio letto.

Qualche tempo dopo, presi in prestito un violino da mio cognato per imparare a suonarlo. Ma non potevo esercitarmi nel dormitorio per non disturbare i miei colleghi che riposavano. Così trovai una soluzione: presi una tavoletta di legno quadrata e ci disegnai sopra le corde del violino. Ogni sera, sdraiato sul letto, mi esercitavo studiando le posizioni delle note e poi, la domenica, andavo nei campi a suonare il vero strumento.

快到家了 我挑着重担 快步前进

Sulla via di casa, cammino con i pesanti sacchi sulle spalle.

La Festa di Primavera era il momento più importante dell'anno, soprattutto perché potevo tornare a casa dalla mia famiglia. Cominciavo i preparativi almeno due settimane prima. Organizzavo la partenza e mi facevo prestare i soldi, circa trecento yuan, per comprare cose da portare a casa. A Shanghai alcuni beni non si trovavano o erano molto costosi e così prima di partire mi mettevo d'accordo con Meitang su cosa acquistare: riso glutinoso, arachidi, sesamo, fagioli neri, semi di zucca, olio di colza, olio di sesamo, uova, anatra sotto sale. Il giorno della partenza mi svegliavo all'alba e camminavo per un paio di chilometri verso la stazione di Liu An, con le spalle cariche di sacchi. Un bus mi portava a Hefei, da dove prendevo un treno fino a Shanghai. Uscito dalla stazione, imboccavo la strada verso casa e camminavo per due ore, l'ultimo grande sforzo prima di rivedere la mia famiglia.

快要过年喽！多么开心呀！……

Presto arriverà l'anno nuovo e noi non possiamo che essere felici!
Da sinistra a destra "Attraverso la foresta, la neve e la tempesta!"
"*Ting ting*, notte blu cristallina… la venuta del nuovo anno si fa vicina!"
Versi di canzoni popolari per il Capodanno cinese.

Era sempre sera quando arrivavo a casa e tutti erano estremamente felici di vedermi. Mia suocera era impegnata a cucinare l'anatra al vapore, mentre Meitang e la piccola Yun Hong aggiungevano del carbone sulla brace e abbrustolivano i semi di zucca e le arachidi, aromatizzando tutta la stanza. Mentre mangiavano, i bambini cantavano a squarciagola canzoni popolari e io li accompagnavo suonando l'armonica. Alcuni vicini passando davanti alla nostra porta sospiravano: "Che famiglia deliziosa!" Le due settimane di vacanza passavano sempre troppo in fretta.

小红脚上的绳子和铃铛

Il piede della piccola Yun Hong è legato alla mia valigia.

Un anno, avevo già comprato il biglietto di ritorno e sarei partito il giorno seguente. Solo Xi Ceng e Shen Ceng avevano avuto il permesso di accompagnarmi in stazione. Gli altri miei figli cominciarono a insistere per venire anche loro, ma fui irremovibile. Allora la piccola Yun Hong improvvisamente sorrise ed esclamò: "Bene, so come fare."

La mattina seguente, all'alba, mi preparai per la partenza. Andai in camera a prendere la mia valigia e quando cercai di alzarla, sentii che era pesante, come fosse bloccata da qualcosa. Dopo aver guardato bene, mi resi conto che alla valigia erano attaccate delle campanelle, a loro volta legate con un nastro intorno al piede destro della piccola Yun Hong. Lentamente, cercando di non svegliarla, sciolsi il nastro dal piede e restai per qualche secondo a guardare la mia bambina che dormiva profondamente. Poi insieme a Xi Ceng e Shen Ceng uscii di casa, dopo aver salutato Meitang sulla soglia, e partii per la stazione.

All'inizio del 1979 cominciò a diffondersi in fabbrica la notizia secondo cui i cittadini che erano registrati a Shanghai e possedevano l'*hukou*, ossia il certificato di residenza, avrebbero potuto tornare a casa, con il consenso della famiglia. Questo, però, comportava dei rischi, soprattutto per noi che a quel tempo, come dipendente stabili di una fabbrica, godevamo di un'assicurazione sanitaria, una pensione e altri benefici. Lo stipendio che ogni mese inviavo a casa era la nostra principale fonte di reddito. Nel caso in cui fossi ritornato a Shanghai e non avessi trovato lavoro, la mia famiglia si sarebbe ritrovata sul lastrico.

返回上海后第一張全家福照片

La prima foto di famiglia dopo il mio ritorno a Shanghai.

Ne parlai a lungo con Meitang e i ragazzi e alla fine decidemmo che avrei dato le dimissioni e sarei tornato a casa. Perciò nel novembre del 1979 consegnai una lettera di licenziamento, firmando un accordo in base al quale non sarei più potuto tornare lì o fare domanda di assunzione in quella fabbrica. Da mesi Meitang si era data da fare con i ragazzi per sbrigare le pratiche per il mio ritorno, chiedendo alle autorità che il mio caso venisse riesaminato.

Il 16 novembre 1979 tornai finalmente a Shanghai e il giorno successivo riottenni il mio certificato di residenza. Una settimana dopo, andammo tutti in uno studio fotografico per fare una foto di famiglia. All'epoca Shen Ceng lavorava ancora come contadino nello Jiangxi e la sua immagine fu aggiunta in seguito.

Il 19 dicembre 1980 l'ufficio di polizia della città di Shanghai cancellò la decisione per la quale ero stato inviato a lavorare nei campi di rieducazione e riottenni il salario e l'impiego che avevo in precedenza.

L'inverno si stava addentrando nei suoi giorni più freddi, ma la primavera non sembrava poi così lontana.

I suoi desideri erano semplici, ma destinati a non essere esauditi. Con le parole di una poesia di Li Shangyin, *Ma Wei*: "Delle altre vite non è dato sapere nulla, questa è terminata." E lamentarsi è inutile.[9]

Capitolo sette
Alla fine te ne sei andata

Tornai a lavorare presso la casa editrice. I nostri figli erano ormai grandi, avevano un lavoro e si erano sistemati: Xi Ceng lavorava ancora nella fabbrica di radio; Shen Ceng era rimasto nella provincia di Jiangsu a insegnare in una scuola media, Le Ceng era tornato a Shanghai non appena il Partito comunista glielo aveva permesso, Shun Ceng lavorava in un ospedale da due anni mentre Yun Hong stava per sposarsi.

In breve tempo cominciarono a nascere dei nipotini. Eravamo poveri, questo è vero, ma avevamo una vita felice e tranquilla. Ogni sera mi sedevo alla scrivania a leggere mentre Meitang distesa sul letto insegnava alla nostra nipotina Shu Shu alcune canzoni popolari. Momenti pieni di felicità e armonia che mi facevano ripensare alle visite a casa della mia nonna materna quando ero piccolo. Sullo stipite della porta della sua camera da letto era appeso un nastro rosso che recava la scritta: "Felicità, lunga vita, buona salute e tranquillità!" Da vecchi tutti desideriamo le stesse cose.

La mattina del 20 giugno 1982, avvertii all'improvviso un dolore all'addome. Senza perdere tempo, Meitang mi accompagnò all'ospedale Ruijin per un controllo. Mi fu diagnosticata una pancreatite acuta e dovevo essere operato d'urgenza. Quando il medico spiegò di cosa soffrissi e a cosa andassi incontro, le mani di Meitang tremavano così tanto da non riuscire a firmare il consenso all'intervento. I miei figli lo firmarono al posto suo.

L'operazione andò bene ma non potei toccare cibo per diciassette giorni, così mi nutrirono via flebo. Al diciottesimo giorno sentii forte lo stimolo di andare in bagno ma le feci, diventate dure come sassi per la lunga permanenza a letto, mi bloccavano. Meitang, perciò, infilò il dito nel mio ano per smuovere quella massa compatta che mi impediva di defecare. Alla fine, ci riuscii e mi sentii meglio.

在安宁中感受幸福

Un momento di calma e felicità
Meitang canta a Shu Shu: "Piccola rondine vestita di bianco e di nero".

夏天的早晨

Nelle mattine d'estate, io e Meitang andavamo a comprare della verdura che poi pulivamo insieme a casa.

L'ospedale mi trattenne per circa un mese. Ogni mattina alle cinque, Meitang andava a fare la fila per comprare il testa di serpente, un pesce molto diffuso in Cina, con cui mi preparava la zuppa. Poi si precipitava in ospedale con la borsa del pranzo (le visite dei familiari erano ammesse dalle tre del pomeriggio in poi). Prendeva l'autobus numero 12 fino alla via dell'ospedale e poi en-

在医院的走廊上等待着

Dal balcone della mia camera d'ospedale osservo Meitang
che arrivava con la borsa del pranzo.

trava dalla porta posteriore, arrivando ogni giorno alle tre e un quarto circa. La mia camera era al primo piano e, quando si avvicinava l'ora del suo arrivo, uscivo sul balcone per poterla scorgere in lontananza, poi rientravo in camera infilandomi subito nel letto. Qualche minuto dopo, eccola entrare in camera con il fiatone, aprire la borsa del pranzo e incoraggiarmi a mangiare tutto prima che si raffreddasse.

Il ricordo di quei momenti è ancora vivido nella mia memoria. Oggi però quel malato che beveva la zuppa è ancora forte e sano, mentre colei che gliela portava ogni giorno se n'è andata per sempre.

看海豚，我成了落汤鸡

Bagnati fradici, di ritorno dallo spettacolo dei delfini.

Una volta, quando nostro nipote Yuan Yuan aveva otto anni, il palazzetto dello sport di Huangpu ospitò uno spettacolo di delfini e, pensando fosse qualcosa di imperdibile, lo accompagnai. Sulla via del ritorno cominciò a diluviare e, visto che non mi ero portato l'ombrello, presi il piccolo sulle spalle e cominciai a correre più veloce che potevo, sfruttando il riparo offerto dai balconi e saltando per evitare le pozzanghere. Affrontare la pioggia con mio nipote sulle spalle mi sembrò un bellissimo gioco. Avevo allora sessantasei anni e Meitang sessantatré.

乐曾巧做"麦淀粉水饺"

Le Ceng è bravo a fare i ravioli con amido di frumento.

A quel tempo Meitang soffriva di insufficienza renale e alla fine le fu diagnosticato il diabete mellito. Il cibo ideale per chi soffre di questa patologia è l'amido di frumento perché contiene pochi grassi e proteine. Però utilizzarlo per preparare dei piatti non è per niente facile, perché rimane tutto molto appiccicoso. Le Ceng, che era molto bravo in cucina, con pazienza mischiò l'amido di frumento con acqua calda e alla fine, dopo vari tentativi, trovò la giusta proporzione che gli permetteva di ottenere un impasto adatto per preparare i ravioli. Li farcivamo con delle verdure e li cuocevamo al vapore o li bollivamo direttamente. Meitang ne andava pazza.

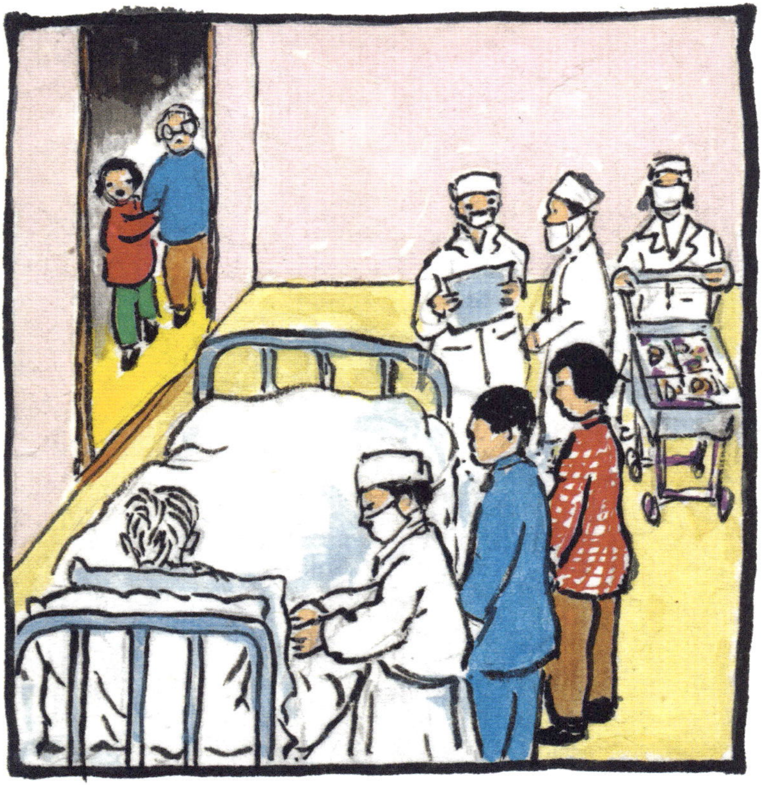

耳听是虚，眼見为实

Vedere per credere. Meitang viene a trovarmi in ospedale.

Nel 2004 fui di nuovo ricoverato a causa di un'angina e mi fu impiantato un bypass. Andò tutto bene e rimasi una settimana in ospedale. I miei figli vennero a turno a farmi compagnia, in modo che Meitang potesse rimanere a casa perché non si sentiva bene,

Meitang mi accusa di "non essere capace a far niente"
"Hai cotto troppo il riso!" "Le verdure sono troppo salate!" "Non hai chiuso il cassetto!"
"Hai rovesciato l'acqua per terra mentre ti lavavi!"
"Hai sbagliato libro! Shu Shu non ti aveva chiesto *New Concept*!"

rassicurandola sull'esito dell'intervento. Lei, però, continuava a essere preoccupata così un giorno convinse nostra nipote Shu Shu ad accompagnarla in ospedale. Non appena vide che stavo bene, si tranquillizzò. Rimase un po' con me a parlare e, quando cominciò a farsi tardi, tornò a casa sollevata e felice.

Anche la nostra gatta, non vedendomi per qualche giorno, si comportò in modo strano, rifiutando di muoversi e di mangiare. Meitang era in ansia per lei e disse a Shu Shu: "Deve essere un po' depressa. Va' a giocare con lei e dalle da mangiare della carne trita."

Non appena tornai a casa dall'ospedale, nel vedermi la gatta fece un balzo e prese a miagolare forte, facendo le fusa e strusciandosi sulle mie gambe.

Sonnellino pomeridiano.

Finalmente un ascoltatore fedele.

Una difficile domanda a cui rispondere
"Perché non hai imparato a dipingere quando eri giovane? A quest'ora saresti già un artista, ma qual è il senso di cominciare adesso?"

Una volta in pensione, avendo tanto tempo libero, decisi di mettermi a dipingere seriamente e comperai le tempere, la carta di riso (la migliore per dipingere) e qualche manuale di pittura. Ogni volta che terminavo un disegno, lo mostravo a Meitang, che in genere rideva dei miei tentativi. Quando mi ero iscritto al primo anno di liceo a Nanchang, avevo sentito dire che Fu Baoshi, famoso pittore, insegnava arte proprio in quell'istituto, ma purtroppo quando iniziai la scuola lui era già andato in pensione. A volte scherzando dicevo a Meitang che se avessi avuto Fu Baoshi come insegnante, i miei disegni sarebbero stati sicuramente migliori. Di solito lei mi prendeva in giro quando ne parlavo, ma a volte mi rimproverava per non aver iniziato a dipingere quando ero giovane.

I nostri figli se la passavano sempre meglio ormai. Un giorno di primavera andammo tutti insieme a Nanxiang a mangiare gli *xiaolong*, i tipici ravioli cotti al vapore. In quel periodo Meitang aveva bisogno della sedia a rotelle per uscire di casa, ma nonostante ciò era di buon umore. Avevamo scelto un ristorante elegante e pulito e Meitang mangiò di gusto. Dopo pranzo facemmo una passeggiata al parco Guyi. Tempo dopo, quando era ancora lucida, ripeteva spesso di voler tornare a Nanxiang a mangiare quei fantastici ravioli.

到南翔去吃小笼

A Nanxiang mentre mangiamo gli *xiaolong*.

I reni di Meitang erano ormai compromessi e lei doveva fare ogni giorno la dialisi peritoneale. Comprai tutta l'attrezzatura necessaria, mi feci spiegare la procedura dalle infermiere dell'ospedale e ogni giorno per quattro anni assistetti Meitang durante la dialisi.

NELLA PAGINA ACCANTO

Disegno della dialisi peritoneale casalinga

Dall'alto in centro Fluido di dialisi nella sacca, cannula di infusione, anello di protezione, cannula di drenaggio, cestino della spazzatura, sacca vuota di scarico, cannule di infusione/drenaggio, tappo del catetere, connettore, catetere addominale, salviette antibatteriche.

In alto a destra Piastra scaldasacche.

In basso a destra Bilancia.

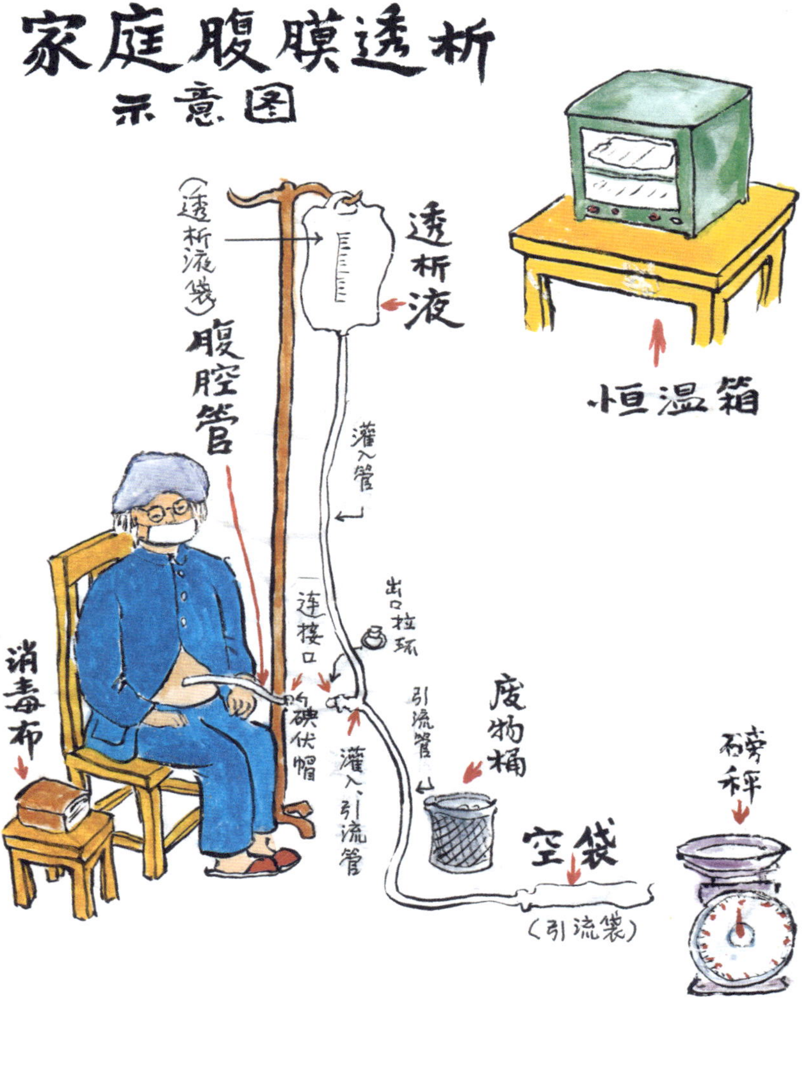
家庭腹膜透析
示意图
(透析液袋)
透析液
恒温箱
腹腔管
灌入管
出口拉环
连接口
碘伏帽
灌入、引流管
引流管
废物桶
消毒布
空袋
(引流袋)
磅秤

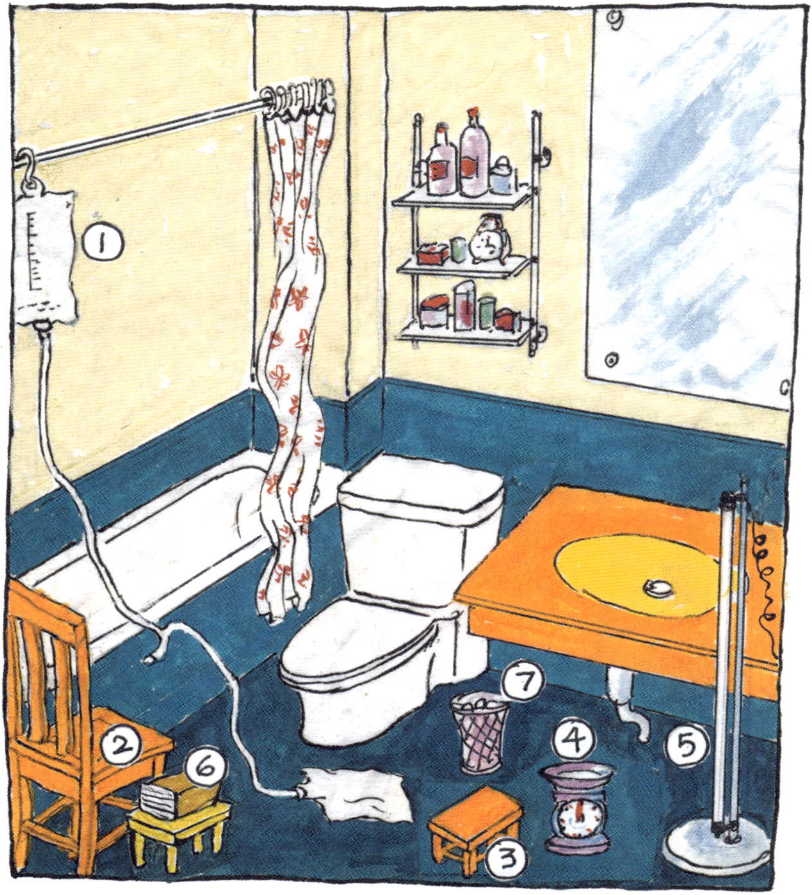

我家的"腹膜透析室"

Il bagno di casa per fare la dialisi

1. Soluzione della dialisi. **2.** La sedia dove si sedeva Meitang. **3.** Lo sgabello dove mi sedevo io. **4.** La bilancia. **5.** La lampada a raggi ultravioletti. **6.** Le salviette antibatteriche. **7.** Il cestino dei rifiuti.

Scelsi il nostro bagno in camera come stanza per la dialisi perché era più facile da tenere pulito. Questa era la procedura. Prima di ogni dialisi pulivo per bene tutta la stanza, compreso il soffitto. Con la formalina disinfettavo dappertutto. Infine accendevo la lampada a raggi ultravioletti per circa trenta minuti e mi assicuravo che tutto l'ambiente fosse ben sterilizzato. La lampada era stata ideata da mio genero Zhang Weide. Al mercatino dell'usato aveva trovato un disco di metallo, da usare come base, e vi aveva poi fissato sopra un tubo di metallo in verticale. Aveva comprato una luce ultravioletta e l'aveva attaccata al tubo di metallo. In questo modo, oltre a risparmiare spazio, era anche più facile da muovere.

Io ero andato in ospedale a chiedere a un'infermiera di spiegarmi in maniera dettagliata il processo della dialisi. Mentre mi parlava, prendevo appunti e buttavo giù qualche schizzo. Tornato a casa, riscrissi accuratamente ogni cosa sotto forma di tabella, senza tralasciare niente, e la appesi alla parete dietro la sedia di Meitang. Prima di ogni passaggio, leggevo attentamente le istruzioni. Non potevo permettermi alcuna imprecisione.

Prima di iniziare, io e Meitang indossavamo una mascherina igienica e ci lavavamo le mani con il sapone antibatterico.

La flebo della dialisi era appesa alla tenda della doccia. Meitang si sedeva sulla sedia. La fase di infusione durava quaranta minuti, quella di drenaggio meno di mezz'ora. Per far stare Meitang più comoda, avevo comprato una sedia pieghevole con dei cuscini, una sdraio di tela e una di bambù, ma nessuna andava bene, erano tutte troppo dure o troppo basse. Alla fine tornammo a usare la sedia di legno.

Dopo aver collegato il catetere alla cannula di infusione/drenaggio, avvolgevo il connettore con un panno disinfettato per mantenerlo sterile e lo appoggiavo sulle ginocchia di Meitang.

Una volta approntato tutto, mi sedevo sullo sgabello accanto a lei a riposarmi.

Il passaggio più importante della dialisi:
unire il catetere alla cannula di infusione/drenaggio

1. Infilo tra l'anulare e il mignolo della mano sinistra l'estremità del catetere, mentre nell'altra mano tengo la cannula di infusione/drenaggio tra il mignolo e l'anulare, lasciando uno spazio di circa due centimetri tra le estremità di ciascuna cannula.
2. Ruoto lentamente entrambi i polsi per avvicinare il catetere e la cannula.
3. Con il pollice e l'indice della mano sinistra tolgo l'anello di protezione della cannula d'infusione e lo getto immediatamente nel cestino (la punta della cannula si trova ora esposta all'aria).
4. Con il pollice e l'indice della mano destra svito il tappo del catetere e lo getto nel cestino (la punta del catetere si trova ora esposta all'aria).
5. Inclino i polsi verso il basso, mettendo così il catetere vicino alla cannula per l'infusione/drenaggio, inserisco le due estremità l'una nell'altra e avvito subito per chiudere.
6. A questo punto catetere e cannula sono uniti e si può andare al passaggio successivo, ovvero l'infusione e il drenaggio.
Nota: dopo aver tolto il tappo, bisogna collegare catetere e cannula nel più breve tempo possibile così da ridurre il tempo di esposizione all'aria e, dunque, i rischi di infezione.
Mi ci volevano quattro o cinque secondi per eseguire tutta questa manovra e in quattro anni è andato tutto liscio.

Il passaggio più importante nella dialisi casalinga:
connettere il catetere alla cannula di infusione/drenaggio.
In senso orario, dall'alto a sinistra Tappo del catetere, anello di protezione, cannula di infusione/drenaggio, catetere addominale.

"去拿把剪刀来！我要把这被子剪小一点！"

"Vammi a prendere le forbici! Voglio accorciare questo piumone!"

Durante il primo stadio della malattia, Meitang diceva a volte cose senza senso o bizzarre. Ho sempre pensato che si trattasse di cambiamenti dovuti alla vecchiaia e quindi del tutto normali.

Finché un giorno, mentre era seduta sul letto, Meitang mi disse: "Vammi a prendere le forbici. Questo piumone è troppo grande e lo voglio accorciare un po'." Rimasi senza parole e capii che si trovava in uno stato confusionale. In quel preciso istante mi sentii solo come non mi sentivo da decenni.

“你故意把舒舒藏起来了……”

"Tu hai deliberatamente nascosto Shu Shu da me!"

Un altro giorno io e Meitang eravamo soli in casa quando verso le cinque del pomeriggio Meitang cominciò a gridare il nome di Shu Shu, nostra nipote, che però era ancora al lavoro. Le dissi dove si trovava Shu Shu, ma non mi credette e la cercò in ogni stanza della casa. Non trovandola, si accasciò sul divano del salotto e mi accusò di aver nascosto Shu Shu da qualche parte. Realizzai in quel momento che Meitang non si sarebbe mai più ripresa, che non sarebbe mai più tornata come prima e quel pensiero mi gettò nella disperazione. Mi accasciai in lacrime sul pavimento e chiamai subito i miei figli supplicandoli di passare da noi.

美棠想吃杏花楼的马蹄蛋糕

Meitang vuole le tortine alle castagne d’acqua.

Una sera, Meitang all’improvviso disse che aveva voglia delle tortine alla castagne d’acqua cinesi che vendevano a Xinghualou, una famosa pasticceria di Shanghai. Il locale non era proprio vicino a casa, così decisi di andarci in bicicletta. Era già tardi ma fortunatamente il negozio era aperto e c’erano ancora delle tortine. Ma, quando tornai a casa da Meitang, lei le guardò e mi disse che non le voleva. Avevo ottantasette anni ormai e quando i miei figli scoprirono l’accaduto mi proibirono di uscire di nuovo di sera in bici. Conoscevo lo stato confusionale in cui si trovava la loro madre ma non riuscivo ad abbandonare l’abitudine di fare tutto quello che lei mi chiedeva.

“我的那件黑底红花旗袍在哪里？”

"Dove è il mio *qipao* nero con i fiori rossi?"

Un altro giorno, poi, Meitang mi disse che voleva il suo *qipao* nero con i fiori rossi. Il problema era che non aveva un vestito del genere – o forse ne aveva avuto uno anni prima e i vecchi ricordi erano tornati a galla. Chiesi ai miei figli se fosse il caso di far fare a un sarto un nuovo *qipao* proprio come lo descriveva lei. Ma mi dissero di no, perché Meitang se ne sarebbe ben presto dimenticata e non lo avrebbe più menzionato e infatti andò proprio così.

"你不要乱吃东西啊!"

"Smetti di ingozzarti e di andare in giro in bicicletta!"

Una sera, al tramonto, ero in camera quando Meitang mi chiamò al suo capezzale. Mi sedetti accanto a lei e mi disse: "Smetti di ingozzarti e di andare in giro in bicicletta!"

A quel tempo sembrava calma e lucida come era sempre stata. Tuttavia, appena finito di parlare, di solito si assopiva e al risveglio se ne usciva con discorsi sempre più strampalati.

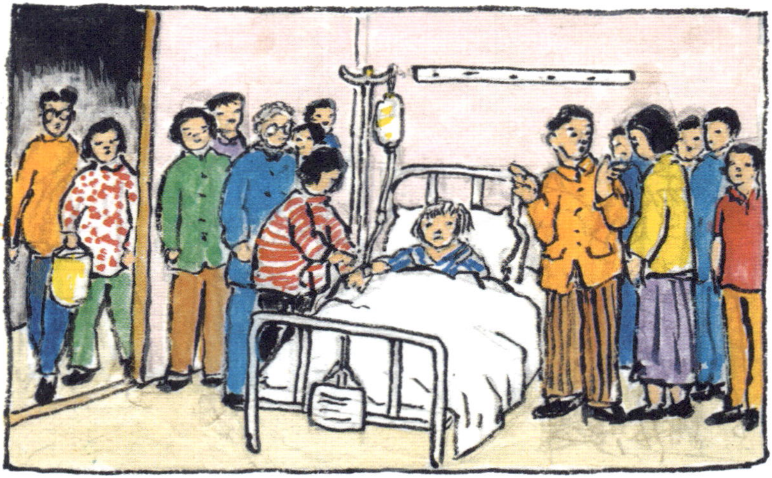

美棠住进了医院

Meitang in ospedale.

Era la primavera del 2008 quando le condizioni di Meitang peggiorarono e fu ricoverata in ospedale. Da quel momento fu costantemente in uno stato di confusione e agitazione. Le infermiere ci raccontavano che a volte si metteva a cantare delle vecchie canzoni, una dietro l'altra.

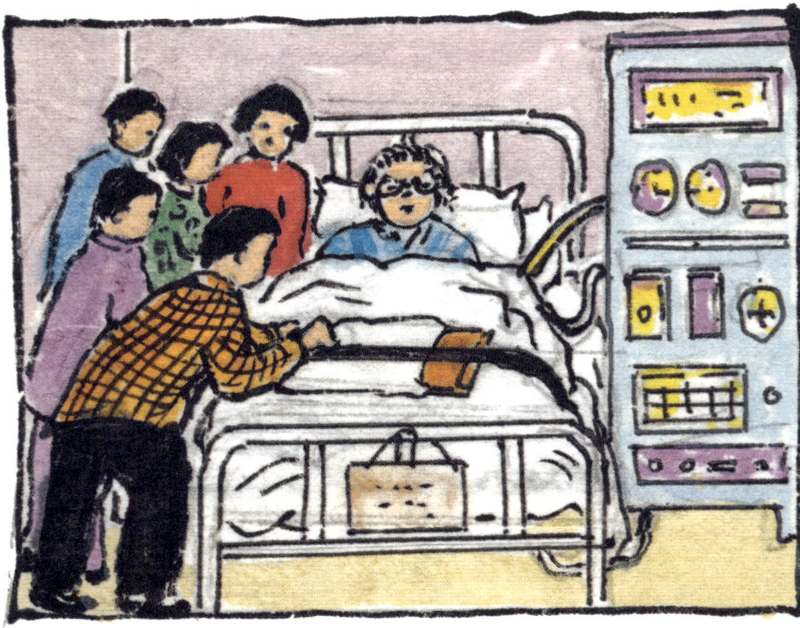

紅木板幫助做"血透"

La tavoletta di legno che tenne ferme le gambe di Meitang per l'emodialisi.

Il dottore le prescrisse l'emodialisi, ma Meitang si agitava e muoveva in continuazione le gambe, impedendo così ai medici di ultimare la procedura. Tutti ci mettemmo a pensare a un modo per tenerle ferme le gambe. Mio genero, Zhang Weide, si ingegnò particolarmente, trovò in casa una sottile tavola di legno, la avvolse con degli asciugamani e la sistemò sulle ginocchia di Meitang, che a quel punto si calmò.

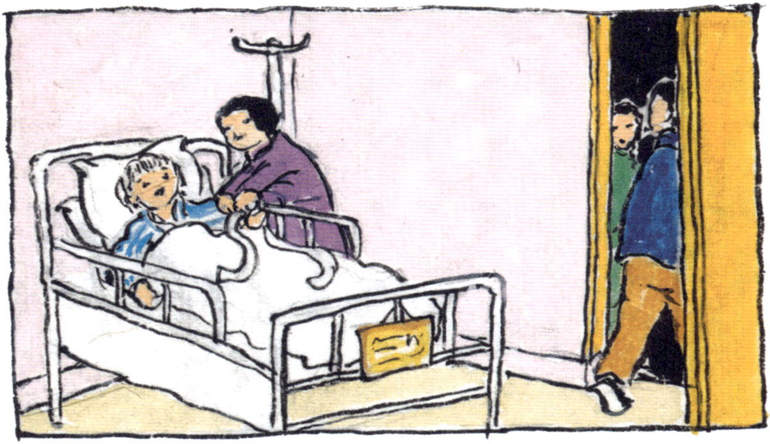

“莫绑我呀！莫绑我呀！”

"Non mi legare al letto! Non mi toccare!"

Tutti noi cresciamo, invecchiamo e poi moriamo. Tuttavia sperammo che il nostro piccolo successo con la tavola di legno ci fosse di buon auspicio per la salute di Meitang.

Ormai Meitang dormiva tutto il giorno e, quando si svegliava, cominciava a bofonchiare cose senza senso e cercava di staccarsi tutti i tubi e le flebo. Per evitare ciò, dunque, chiesi all'infermiera di legare le mani di Meitang al bordo del letto con una garza durante la notte. Non appena ce ne andavamo, al termine delle visite, sentivamo la sua voce che urlava: "Non mi legare al letto! Non mi toccare!" Quelle parole, per me, erano come una lama che mi trafiggeva il cuore.

Alcuni dei biglietti che ci scambiavamo io e Meitang
"Non tirare la flebo!"
"Se mangi un pochino di più, potrai ristabilirti in fretta e tornare a casa al più presto!"

Invecchiando Meitang aveva cominciato a sentirci poco e così le avevo comprato un apparecchio acustico. Quando la malattia si aggravò non poté più usarlo e così iniziai a comunicare con lei mediante disegni e bigliettini. Qualche volta, dopo averli visti, reagiva e diceva qualcosa.

Un giorno, mentre Yun Hong era accanto a lei, Meitang si svegliò di soprassalto. Sembrava lucida e cosciente quando disse: "Prenditi cura di tuo padre, mi raccomando." Subito dopo chiuse gli occhi e sprofondò nel sonno.

Il 6 febbraio 2008 era la vigilia di Capodanno. I nostri figli si domandarono se non fosse meglio portare la madre a casa per festeggiare il nuovo anno. Shen Ceng chiese in prestito il lettino dell'ospedale e, la sera prima della vigilia di Capodanno, la riportammo a casa. Le Ceng la sistemò nel proprio letto, accanto al

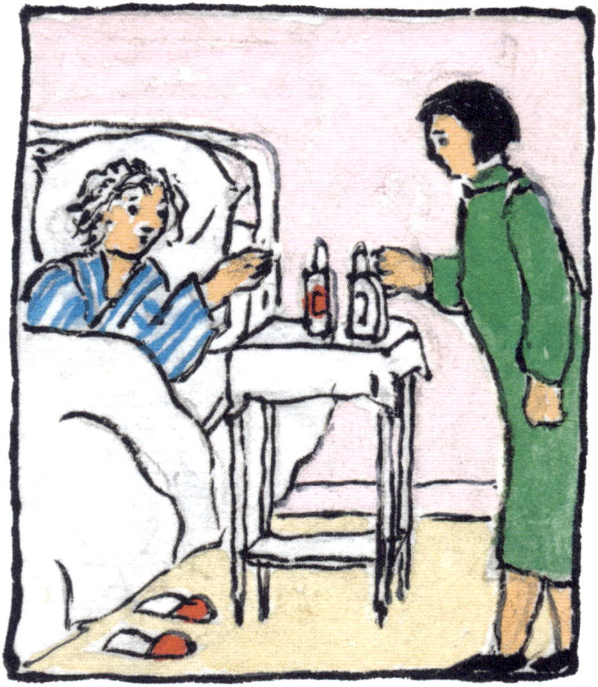

“你要好好照顾你爸爸啊!”

"Prenditi cura di tuo padre, mi raccomando."

quale avevamo posizionato uno stendino per i panni pieno di appendiabiti con cui sostenere le cannule delle flebo. Festeggiammo così Capodanno tutti insieme, ma Meitang non fece che dormire o agitarsi. La situazione non era per niente facile e la mattina dell'8 febbraio la riaccompagnammo in ospedale. Dopo tutte le volte che ci eravamo riuniti e separati era difficile pensare che fosse arrivato il momento della separazione definitiva.

La mattina del 19 marzo andai in ospedale a trovare Meitang. Yun Hong mi accompagnò. Erano le dieci circa quando chiamammo i medici per rianimarla con il defibrillatore. Aveva gli occhi chiusi ma a un certo punto li spalancò, si guardò intorno e mi vide, in piedi dietro i medici. Gli occhi le si inumidirono e dal destro le colò una lacrima che rotolò lentamente sulla sua guancia. Pochi secondi dopo chiuse di nuovo gli occhi e tutti gli sforzi dei medici per risvegliarla furono vani.

Verso le undici, vedendo che Meitang dormiva tranquilla, tornai a casa per riposarmi.

Alle tre del pomeriggio, Shun Ceng e Yun Hong tornarono a casa a prendere qualche vestito di Meitang e io andai con loro in ospedale. Arrivai in camera poco dopo quattro e la osservai: sembrava dormire profondamente. Le presi la mano e gliela strinsi: era ancora leggermente tiepida, ma lentamente diventò sempre più fredda.

Meitang se ne andò così, il volto pacato e sereno. I nostri figli erano rimasti nel corridoio, facendo avanti e indietro, non sopportando la vista della madre in quelle condizioni. Solo Shen Ceng era lì accanto a me e mi comunicò l'ora esatta della sua morte: le quattro e ventitré minuti.

Quando eravamo giovani e innamorati, trascorrevamo una vita spensierata, senza preoccuparci troppo del nostro futuro. Spesso Meitang mi diceva che saremmo dovuti andare a vivere in campagna, con un giardino tutto nostro dove poter coltivare le verdure e vivere una vita semplice e felice. Eh, beati sogni di gioventù! All'epoca non sapevamo che la vecchia Cina rurale, di lì a poco, non sarebbe più esistita. Ci immaginavamo una vita da sogno, come quella che descrive l'autore di *Sei racconti di vita irreale*, Shen Fu: "compriamo una fattoria con un ettaro di giardino intorno e coltiviamo meloni e ortaggi [...] indossiamo abiti semplici e mangiamo cibi semplici e trascorriamo così i nostri giorni, senza bisogno di viaggiare lontano."

L'ultima lacrima.

A quarant'anni fummo separati e dovemmo restare lontani, ciò creò non pochi problemi e difficoltà alla famiglia. Lei continuava a ripetermi di prendermi cura di me stesso e della mia salute. Diceva che quando i nostri figli si fossero sistemati lei sarebbe venuta a vivere con me ad Anhui. "Se ci manteniamo in buona salute,

這祇是朵朵雲彩，
曾在我生命中徘徊；
生命雖有限，
但願雲彩常在。
怎將雲彩留待？
用畫筆將它記載。
我空空的來到世間，
祇有這些最愛。
這首诗是我的表兄、台湾将军画家杨大錄所作。
美棠与我曾想老来退居山村，回归田园，布衣素食，
与世无争，但期平安团聚，其他均无所求。不料造化弄
人，世事难测，这个梦想竟不能实现，奈何！奈何！ 平如

quando saremo vecchi potremo uscire ogni sera, andare al cinema o al ristorante. Sarebbe meraviglioso!" Era una ragazza innocente, a cui piaceva divertirsi, e non chiedeva molto dalla vita. Per tutti quegli anni lei aveva lavorato sodo per mandare avanti la famiglia, nella speranza che alla fine avremmo potuto godere di giorni felici e senza preoccupazioni.

Al tramonto delle nostre vite, quando le cose sembravano essersi effettivamente sistemate, io subii due operazioni dalle quali, grazie a Dio, mi ripresi velocemente, invece Meitang si ammalò gravemente. A causa della sua insufficienza renale, si indebolì, perse l'appetito e fu ridotta pian piano all'immobilità. Così non riuscì mai a realizzare quei suoi ultimi desideri, così semplici. "Delle altre vite non è dato sapere nulla, questa è terminata." E lamentarsi è inutile.

Celebrammo il funerale di Meitang il 23 marzo 2008 presso la sala delle cerimonie di Longhua a Shanghai. Per l'occasione, scrissi una poesia:

Dopo tanti anni di dolore e sofferenze, i cieli ci hanno concesso così poco tempo insieme. E io oggi piango amaramente perché alla fine te ne sei andata. Chi può conoscere in anticipo le vicissitudini della vita? Ho avuto momenti lieti e momenti tristi e l'unica cosa che desidero ora è di rincontrarti presto, nella prossima vita.

NELLA PAGINA ACCANTO Guardiamo in alto nel cielo le nuvole / che una volta hanno assistito alla nostra vita / e ci hanno visto crescere. / Nonostante cambi tutto nella vita, / posso sempre contare nella loro ferrea presenza. / L'unico modo che ho per essere loro grato / è disegnarle con il mio pennello. / Il mondo in cui sono nato è fatto di tante cose vuote, / vaghe, frivole come le nuvole / che restano la sola cosa che io abbia davvero amato.

Mio cugino Yang Dahe, un generale dell'esercito e pittore di Taiwan, ha scritto questa poesia. Io e Meitang sognavamo di andare a vivere in campagna e condurre una vita rurale e semplice. Ma il fato gioca scherzi crudeli a noi esseri umani, la vita prende vie misteriose e noi non potemmo realizzare i nostri sogni.

Appendice
Quando cambiano le stagioni

Estratti della corrispondenza
scritta da Meitang (1973-1978)

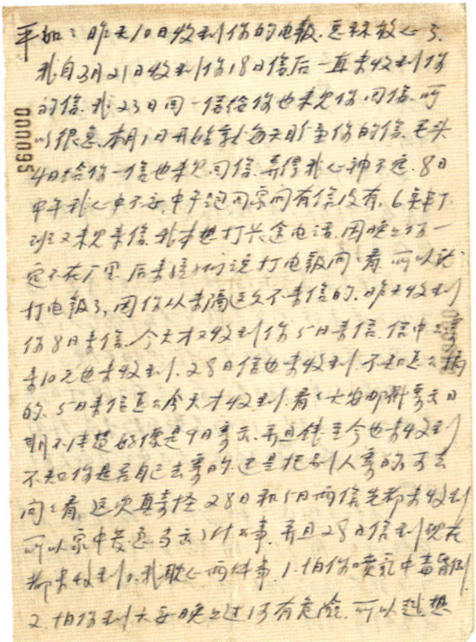

A sinistra Caro Pingru, ho ricevuto il tuo telegramma ieri, il 10, e non sono più preoccupata. La tua lettera datata 18 marzo è arrivata il 21, ma poi più niente. Ti ho scritto il 23 ma non ho avuto risposta e ho iniziato a preoccuparmi. Dall'inizio del mese ogni giorno speravo di ricevere tue notizie. Mao Tou ti ha scritto il 4, ma anche lui non ha ricevuto risposta. Ero in preda al panico. L'8 sono tornata a casa in pausa pranzo per controllare se fosse arrivato qualcosa, ma nulla, e nemmeno alle sei e mezza quando sono uscita da lavoro. Allora i ragazzi hanno suggerito di mandarti un telegramma e così abbiamo fatto, perché non è mai capitata una pausa così lunga nella tua corrispondenza. Poi ieri abbiamo ricevuto la tua lettera dell'8 e oggi finalmente anche quella del 15, ma dei dieci yuan di cui parli nessuna traccia. E nemmeno delle tue lettere del 28 e del 5. Non so come mai. Perché la tua lettera del 5 è arrivata solo oggi? Il timbro di Liu An non è molto nitido ma sembra che sia stata spedita il 9, e il denaro non è proprio arrivato. Non so se l'hai spedito tu di persona o hai chiesto a qualcun altro di farlo. È molto strano. Non avendo ricevuto le tue lettere del 28 e del 5 abbiamo temuto che ti fosse capitato qualcosa, e comunque quella del 28 non è ancora saltata fuori. Mi sono preoccupata per due motivi: 1) potevi essere svenuto a causa dei fumi delle vernici; 2) magari avevi avuto un incidente di sera sul battello per Liu An. E più ci pensavo […]

A destra Rao Pingru, fabbrica di automobili di Liu An. Nessuna lettera da tanto tempo, rispondi via telegramma, Meitang.

30 maggio

Caro Pingru,

[…]

Oggi Xi Ceng non lavorava e perciò ha portato Le Le [nomignolo che davamo a Le Ceng] al cinema a vedere *I giocolieri*. È un bel film, e se ti capita l'occasione puoi andarlo a vedere. Non vendono i biglietti a Shanghai, Xi Ceng li aveva vinti ad una lotteria. Ho sentito dire che anche il documentario *La ventisettesima seduta delle Nazioni Unite* è molto bello.

[…]

Quando pensi di tornare a Shanghai? Che ne dici per la Festa di Metà Autunno? Le Le resterà per tutto il periodo caldo. A Jiangxi il lavoro nei campi è molto duro, perciò ha preso un periodo di riposo. Erano anni che non stava a Shanghai durante la stagione calda e trascorre le giornate dentro casa a esercitarsi in calligrafia e a dipingere.

Il 5 giugno ci sarà la Festa delle Barche Drago. Ci hanno dato un chilo e mezzo di riso a testa e mezzo chilo di crema di fagioli rossi a famiglia. Guo Bin [nomignolo che davamo a Shen Ceng] ha portato un altro mezzo chilo di riso con cui abbiamo intenzione di preparare gli *zongzi* [ravioli di riso e carne]. L'anno scorso non li abbiamo preparati, ma quest'anno ci siamo tutti e dobbiamo festeggiare. Da quando i ragazzi se ne sono andati da casa, non sono molte le volte in cui passiamo del tempo tutti insieme. Perciò, preparerò gli *zongzi* di carne perché, a parte Mao Tou [nomignolo che davamo a Shun Ceng, che significa più o meno "bei capelli"], a nessuno piacciono quelli dolci. Sarà tutto pronto per il 1° giugno e Mao Tou arriverà il 2. Non potrà fermarsi fino al 5 ma pazienza, vorrà dire che festeggeremo un paio di giorni prima. Voi, invece, lì festeggiate in mensa? Cosa mangiate? Trovate gli *zongzi*? Sono più di dieci anni, credo, che non torni a casa per festeggiare con noi. Non è facile per chi lavora tanto tornare a casa per le festività.

[…]

Una volta tornato a casa, Mao Tou mi ha detto che ha sostenuto gli esami. È andato tutto bene e ha preso 90/100 in ciascuno. Ti ha scritto una lettera che io avrei dovuto spedirti ma non mi ha detto dove l'ha lasciata e non riesco a trovarla.

Ora devo tornare al lavoro. Ci sentiamo presto!

Con affetto,
Meitang

*

8 luglio

Caro Pingru,

ho ricevuto la tua lettera. Ti stai preparando per tornare a casa ad agosto? Io e i ragazzi non vediamo l'ora. Quale olio pensavi di portare? Non prendere quello al sesamo nero perché ne abbiamo già in abbondanza qui e non l'abbiamo ancora finito. Inoltre, non è una di quelle cose che consumiamo regolarmente, di solito solo quando prepariamo qualcosa di dolce… piuttosto, se le trovi, compra per piacere delle casseruole di porcellana, per lo spezzatino. A Shanghai non ne ho trovate e quelle che ho a casa sono tutte rotte. Le vendono di solito in pacchi da quattro e costano non più di tre yuan.

[…]

I ragazzi mi hanno detto che quando torni potresti non avere delle camicie a maniche corte da mettere. Pensavano, perciò, di andare a comprartene qualcuna. Le preferisci bianche o grigie?

A casa va tutto bene. Prenditi cura di te.

Con affetto,
Meitang

26 luglio

Caro Pingru,

ho ricevuto la tua lettera. Che giorno partirai, allora? I ragazzi verranno a prenderti. Se non sei riuscito a comprare quelle cose, non preoccuparti. Yun Hong mi ha chiesto se potevi portarle qualche zucca. Se riesci gliene compri qualcuna per favore?

[...]

Mao Tou ha iniziato il suo tirocinio in ospedale. Ogni giorno deve chiedere l'ora a qualcuno. Dice che è molto fastidioso e quando avrà completato i suoi sei mesi di apprendistato chiederà a Xi Ceng di comprare un orologio con i suoi risparmi e imprestarglielo. Ha chiesto a Xi Ceng di mettere da parte qualche soldo per comprare un orologio. Le cose non vanno troppo bene. Ora che i ragazzi sono cresciuti ci sono mille cose che desiderano fare e noi stiamo raschiando il fondo del barile.

A Shanghai fa molto caldo in questi giorni, anche se la sera tira un po' di venticello. Adesso il cocomero costa nove jiao al mezzo chilo e non osiamo comprarlo. Un po' perché non abbiamo soldi da spendere in queste cose e un po' perché aspetto il tuo ritorno così possiamo gustarci qualcosa di buono tutti insieme. Le Le, stando nello Jiangxi, non ha occasione di mangiare un'anguria da anni. Lì dove sta lui non ne hanno proprio: le vendono solo in città, in centro, dove costano una fortuna. Perciò non conviene fare così tanti chilometri solo per comprare un cocomero. Ecco perché non vediamo tutti l'ora che tu torni così possiamo festeggiare, mangiando cose buone. Per ora è tutto, parleremo ancora quando sarai qui!

Con affetto,
Meitang

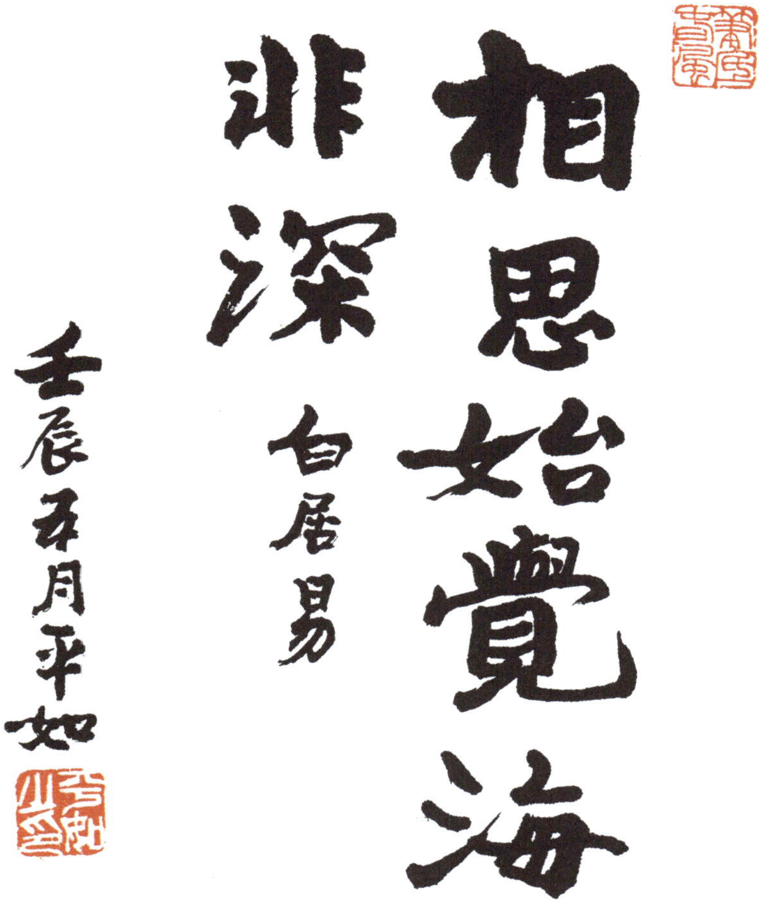

"Quando si soffre per amore, nessun oceano è abbastanza profondo."
Da una poesia di Bai Juyi, Pingru, 1952.

8 settembre

Caro Pingru,

come passa veloce il tempo: sono già passate due settimane da quando sei ripartito. Fa un po' freddo qui ora. L'11 sarà la Festa di Metà Autunno, spero tu riesca a mangiare qualcosa di buono per festeggiare. Anche noi lo faremo. Yun Hong sembra essersi ripresa dal raffreddore. Ieri ho inviato un pacco a Guo Bin con delle scarpe di gomma, del baccalà, della carne e delle tortine di luna. Visto che non può tornare a casa, almeno gli ho mandato qualcosa di buono da mangiare.

[…]

A presto!

Con affetto,
Meitang

*

17 settembre

Caro Pingru,

ho ricevuto entrambe le tue lettere. […]

Abbiamo passato una buona Festa di Metà Autunno. Ho preparato una zuppa di noodles e carne di maiale. La moglie del signor Zhu ci ha portato le tortine di luna e quindi non abbiamo dovuto comprarle noi. Nella lettera mi hai scritto che hai mangiato l'anatra. Mao Tou era sorpreso che lì l'anatra costi così poco. Ha detto: "Di' a papà la prossima volta di non portare delle arachidi, bensì una bella anatra per noi." Ha ragione, costava poco. Qui a Shanghai un'anatra di quelle dimensioni costa almeno 4 yuan. Ma sarà difficile trasportare un'anatra, meglio aspettare che faccia più freddo, così potrai farla uccidere il giorno prima di partire e lasciarla appesa ad asciugare e poi avvolgerla in una busta di nylon il giorno dopo. Comunque non preoccuparti, possiamo comprare le anatre anche qui, solo che sono costose.

[...]

Mao Tou è ancora preoccupato per il tirocinio che inizierà dopo Capodanno perché tutti hanno un orologio e chi non ce l'ha usa quello del fratello o della sorella. Che posso fare? Se avessi qualche soldo in più gli comprerei subito un orologio perché gli serve per lavoro.

Devo andare ora, metto via la penna.

Con affetto,
(Non ti preoccupare dell'anatra se non la trovi. Non dar retta a quello che dicono i ragazzi. Se trovi l'olio di sesamo, portane un po' per piacere.)
Meitang

*

10 dicembre

Caro Pingru,

ho ricevuto le tue lettere con i ventisei yuan. Devo darti una bellissima notizia! Abbiamo avuto la conferma che Yun Hong è stata presa a lavorare alla tipografia Changjiang che appartiene alla direzione degli artigiani di Shanghai. Sebbene si tratti di una comune, è sempre una collaborazione su grande scala, quasi come essere impiegata in un'azienda statale. [...] Finora non sappiamo a quale seminario sarà assegnata, ma già solo la notizia ci rende pienamente soddisfatti! [...]

Ho appena ricevuto la tua ultima lettera. Immagino starai aspettando la mia, vero? A questo punto dovresti essere felice di leggere le mie parole.

Con affetto,
Meitang

10 gennaio

Caro Pingru,

ho mandato qualcuno a prendere il tuo pacco.

[…]

Yun Hong lavora molto ogni giorno e a volte torna a casa dopo le sei se ha qualche riunione. Il suo laboratorio produce libri di calligrafia. Deve scrivere i caratteri in entrambi i modi [quello tradizionale e quello semplificato]. Producono anche piccoli quaderni. Si esercita in calligrafia ogni giorno e si porta anche il lavoro a casa, così adesso non può più aiutare con le faccende di casa: infatti è Le Le ad occuparsi di tutto. Domenica, Yun Hong rimarrà a casa e si riposerà e poi dovremo tirare fuori le trapunte e lavarle per l'Anno Nuovo.

A Guo Bin lo scorso mese ho inviato un pacco con mezzo chilo di arachidi e mezzo chilo di baccalà. Quando è partito, ha lasciato qui il suo giaccone imbottito, perciò lo indosserà Mao Tou quest'anno, visto che non ne ha uno. Sapendo che nello Jiangxi Guo Bin ha solo un vecchio giaccone gli ho scritto, chiedendogli se voleva che gli inviassi quello nuovo, ma mi ha detto di lasciarlo a Mao Tou. Poco dopo ha cominciato a fare veramente freddo e, preoccupata, gli ho inviato un gilè imbottito insieme ad alcune cose da mangiare. […]

Questi ultimi giorni a Shanghai non ha fatto per niente freddo e sono tre mesi che non piove. Secondo le previsioni, domani pioverà. Oggi Xi Ceng ti ha comprato un cappello e credo che ti sarà utile per non prendere freddo alle orecchie.

Con affetto,
Meitang

*

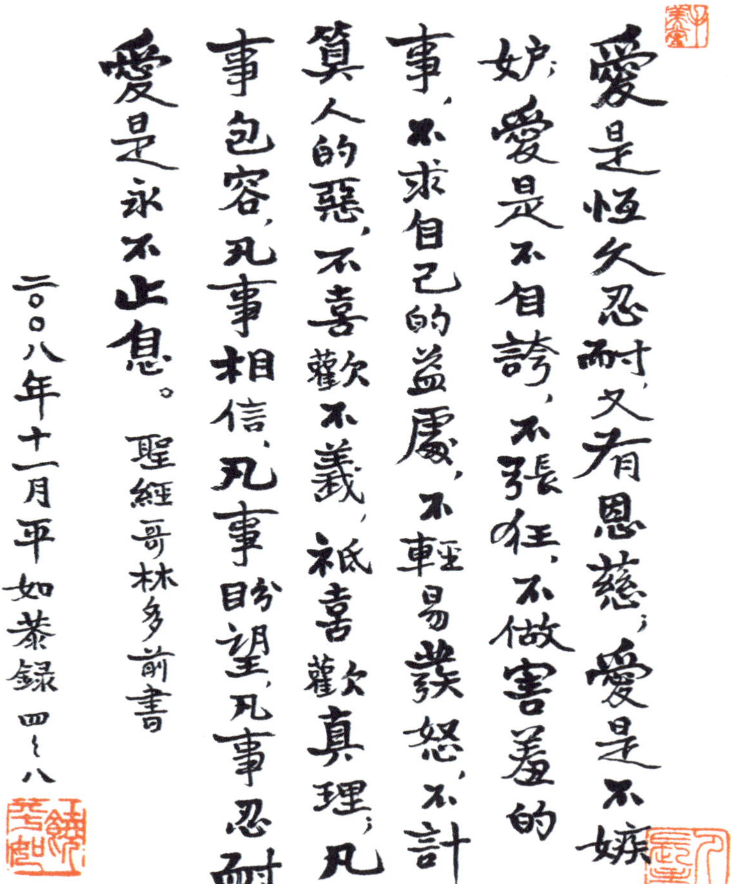

L'amore è paziente, è benevolo; l'amore non invidia; l'amore non si vanta, non si gonfia, non si comporta in modo sconveniente, non cerca il proprio interesse, non s'inasprisce, non addebita il male, non gode dell'ingiustizia, ma gioisce della verità; soffre ogni cosa, crede ogni cosa, spera ogni cosa, sopporta ogni cosa.

Lettera ai Corinzi 13, 4-8, ricopiata da Pingru nel novembre 2008.

13 gennaio

Caro Pingru,

ho ricevuto la tua lettera con i soldi.

[...]

Non abbiamo ancora fatto la spesa per Capodanno. Aspettiamo lo stipendio e la tredicesima di Xi Ceng. Yun Hong riceverà lo stipendio il 15. Ogni volta mi dà dieci yuan e ne tiene sette o otto per sé, per il cibo e qualche cianfrusaglia. Ci compro dei buoni pasti. La gente pensa che ce la passiamo bene, ma in realtà non è proprio così. Il fatto è che i ragazzi sono cresciuti e non è più come una volta: hanno bisogno di vestiti e a casa c'è sempre qualche cosa da comprare. Ogni mese cerco di far quadrare i conti ma non ci riesco mai. I nostri ragazzi però si comportano bene con me. Al lavoro ieri una delle donne ci stava raccontando che anche lei ha dei figli a casa ed è tutto difficile. Sono più grandi dei nostri e lavorano da molto tempo. Il problema è che non vogliono collaborare alle spese e non danno ai genitori neppure un centesimo. Il marito è a casa, in malattia e l'indennità di soli cinquanta yuan al mese non le basta per mandare avanti la casa. I figli, nel frattempo, si sono comprati l'orologio e l'automobile e litigano spesso per via dei soldi. Adesso, per la Festa di Primavera, suo marito voleva che i figli contribuissero alle spese per il cibo e subito è scoppiata la guerra in casa. [...]

Noi stiamo bene. Non vediamo l'ora di passare un felice Capodanno. Ho comprato della carne, del pollo e del pesce, perciò credo che ce la caveremo [...] ti è rimasto qualche soldo per comprare del cibo? Mi raccomando, festeggia!

Tanti auguri di buon anno!

Con affetto,
Meitang

24 gennaio

Caro Pingru,

oggi è il secondo giorno del nuovo anno. Per l'ultimo dell'anno abbiamo cucinato tanti piatti, tante verdure e il pollo che avevi mandato. I ragazzi hanno detto che sarebbe stato ancora più buono se fosse stato fresco, in modo da poterne ricavare una zuppa. Quando tornerai il prossimo Capodanno, porta un paio di polli vivi, così faremo una bella zuppa calda. Inoltre ho messo i fagioli di soia che mi hai portato la scorsa volta nella zuppa che ho cucinato con lo stinco di maiale. I ragazzi hanno detto che non hanno mai mangiato una zuppa di fagioli così buona, densa e saporita. Ieri abbiamo preparato prima quattro piatti freddi: uno era un quarto di pollo, un altro metà manzo marinato e metà pesce affumicato poi un piatto vegetariano con seitan, funghi e arachidi e infine filetti di medusa con scalogno e radicchio. Quindi era il turno di alcuni piatto caldi: manzo a fette e castagne d'acqua, "uova con vongole" – abbiamo cucinato la carne trita insieme al cavolo di Beijing, poi abbiamo preparato un'omelette con quattro uova e aggiunto in seguito la carne in modo da dargli così l'aspetto di una vongola. Gli altri piatti sono stati il pesce all'aceto, il maiale in agrodolce e poi anche i noodles saltati in padella. Per finire ho preparato il pesce in salsa di soia, la carne alla salsa di soia e la zuppa di stinco di maiale. E avevamo anche un litro di vino.

Yun Hong ha inciso un carattere. Te lo mando insieme alla lettera così gli dai un'occhiata. Sa scrivere molto bene, a mio parere.

C'è molto rumore in casa ora che abbiamo la radio. Ci sono molti programmi per festeggiare il nuovo anno e gli sketch comici fanno veramente ridere. La sera i ragazzi si chiudono in camera a giocare a carte tra di loro e ascoltare la musica. Si divertono molto. Io e Muma [il nome che Meitang dava alla madre] dal letto in camera nostra riusciamo a sentirli. Dicono che siccome quest'anno

Muma compirà ottant'anni il 27 dicembre sia tu che Guo Bin tornerete a casa e sarà davvero un felice anno nuovo. [...]

Stiamo tutti bene. A casa dicono che io e Yun Hong siamo ingrassate, mentre invece Xi Ceng è magro come un chiodo. Mao Tou, per quanto sia magro, ha un bel colorito.

Allora torni per il prossimo Capodanno? A Shanghai piove ogni giorno, ma dopotutto non ci si può lamentare visto che non è piovuto per mesi.

A presto!

Con affetto,
Meitang

*

11 febbraio

Caro Pingru,

la tua lettera del 2 febbraio è arrivata.

[...]

Xi Ceng ultimamente soffre di pressione alta e capogiri. Mao Tou lo ha mandato a fare un controllo. Si è scoperto che ha qualcosa ai reni. Il valore delle proteine nelle sue urine era superiore a due ed è rimasto una settimana a casa da lavoro. Il medico continua a dargli la mutua ma lui rifiuta sempre perché se non va al lavoro per cinque giorni di fila in un mese perde il bonus di cinque yuan e inoltre gli detraggono due yuan dalla paga giornaliera. Mi ha detto che il mese prossimo verrà pagato meno, a causa di questi giorni in cui è rimasto a casa. Gli ho detto che non si può fare diversamente: la salute è più importante. L'altro ieri ho fatto la zuppa di carne e soia. Lui ne ha mangiata un po', ma non poteva finirla tutta perché ci sono altre bocche da sfamare, come posso fare?

[...] Non ricevo notizie da Guo Bin da molto tempo. Chissà come sta? Sono un po' preoccupata, a dire il vero. Gli altri genitori mi dicono che i loro figli scrivono che quest'anno sono tutti al verde e probabilmente anche lui è nella stessa situazione e non ha i soldi per tornare a casa. Forse è depresso per questo e non ha tanta voglia di scrivere. Tu, invece, quando vieni? Non c'è bisogno che porti più soldi: ce la caviamo meglio degli ultimi due anni, possiamo permetterci di sfamare un'altra persona.

Mi sembra che a marzo i buoni spesa scadano, perciò invece di comprarti dei libri, investi quei soldi in qualche indumento che ti tenga caldo. A Shanghai non si trova niente a meno di dieci yuan.

Questa volta quando torni, ti darò una nuova coperta di cotone. Puoi usare quella vecchia come materasso così in questo modo non sentirai freddo. Non puoi continuare a vivere come un selvaggio.

[...] Si sono fatte già le nove, ci sentiamo presto!

Con affetto,
Meitang

*

27 febbraio

Caro Pingru,

la tua lettera del 16 è arrivata solo il 24. Durante tutto questo tempo ho aspettato e sperato. Se non ricevo notizie mi preoccupo per te, che te ne stai tutto solo, lontano da casa. Ogni volta che arriva una tua lettera, il mio cuore si tranquillizza. Anche i ragazzi si chiedevano come mai non arrivavano tue notizie. Ma ora non siamo più preoccupati.

[...]

Sono proprio felice che torni ad aprile. Le Le parte a marzo, perciò questa volta non vi incontrerete. Che peccato! Lui pensa di partire verso il 10 marzo. Ho chiesto in prestito 20 yuan a una società di credito e altri 20 yuan ad un'altra, da restituire a rate. L'ho fatto perché Guo Bin e Le Le hanno bisogno di magliette nuove. Con quei soldi ho comprato anche del sapone, cose per la casa e del cibo da dare a Guo Bin. Stiamo sempre a contare i soldi fino all'ultimo centesimo. I ragazzi crescono e hanno bisogno di altri vestiti. Le Le mi sembra che indossi la stessa felpa da sempre ed è ormai tutta bucata e lacerata. Gli ho detto di comprarsene una nuova e mi ha risposto: "No, per ora va bene così, nessuno indossa più le felpe. La prossima volta voglio un maglione." In effetti a Shanghai i ragazzi non indossano più quelle felpe che porta lui. Anche Guo Bin, l'anno scorso, aveva detto che voleva comprarsi uno di quei maglioni. I ragazzi, pensandoci bene, non stanno passando un buon periodo e anche se un maglione non è niente di speciale o di lussuoso, ora come ora non possiamo proprio permettercelo [...]

A Shanghai nevica da molti giorni e fa un freddo tremendo. Voi dovete avere ancora più freddo, specialmente tu, con quel piumone che ormai è da buttare. Quest'anno, vada come vada, te ne compro uno nuovo! Xi Ceng oggi è andato dal medico. È ancora in mutua e ha la pressione 150 su 90 per via dell'infiammazione ai reni. Queste malattie croniche sono tremende e, come ha detto Mao Tou, non esistono cure definitive.

A presto!

Con affetto,
Meitang

*

Marzo

Caro Pingru,

è arrivata la tua lettera insieme ai 15 yuan.

[...] Ieri sera ho mandato Xi Ceng e Mao Tou a prendere la lettera che hai consegnato al signor Zhu, per evitargli di uscire con questo caldo [...] Il signor Zhu dice che non stai bene e che spesso svieni. Non appena ho sentito queste cose, ho cominciato a preoccuparmi. Che problema hai? Ti sei fatto visitare da un medico? Che cosa ti ha detto? Si tratta di benzolismo? O sei solo debilitato? Come si suol dire, il freddo di un giorno non fa tre chili di ghiaccio, ovvero i problemi non sorgono così dal nulla. Probabilmente tutto dipende dalla cattiva alimentazione e dalle tue condizioni di vita, così difficili. Perciò da ora in poi non regalare più i tuoi buoni pasto e usali tutti per te. Inoltre non ti preoccupare più di portare del cibo a casa [...] il signor Zhu si mantiene in buona salute, più di te. A casa mangiamo bene, di sera faccio quasi sempre piatti a base di carne. Guo Bin e Le Le lavorano duro, ma sono giovani e possono sopportarlo. Sei tu che mi preoccupi perché stai invecchiando, non mi sorprende che tu non stia bene. Se respirare la pittura non danneggiasse la tua salute, pensi che ti avrebbero dato quelle scorte di cibo in più? Il signor Zhu ha detto che, anche se sei solo l'addetto alla contabilità, lavori in una stanza con tutta quella vernice e questo ha effetti negativi sulla salute. Inoltre ti offri di lavorare extra per mezza giornata e anche questo non va bene: è meglio che smetti subito. Sono molto preoccupata: concedono integratori solo in casi davvero gravi E se poi dai via questi buoni pasto, come pensi di tirare avanti?

[...] A fine anno a Mao Tou sarà assegnato un incarico e le nostre finanze miglioreranno, così a partire da agosto puoi inviarci cinque yuan in meno ogni mese. Devi assolutamente prendere quegli integratori. Anche se a volte non mi sento bene, almeno non svengo più e non ho quei giramenti di testa che avevo tanto tempo fa. Se svieni tu è pericoloso, soprattutto se con te non c'è nessuno. Mi raccomando, stai attento! Quando andrò in pensione voglio venire a vivere con te per un po'. Abbiamo lavorato tanto in questi anni e ora ci meritiamo un po' di riposo, ma sarebbe veramente triste se ci ammalassimo proprio allora. Se invece avremo una buona salute quando saremo vecchi, potremo andare in qualche posto lontano, o a vedere tanti film al cinema, oppure al ristorante. Sarebbe magnifico. I ragazzi adesso sono grandi e non voglio vivere con loro per sempre. Quando avranno ognuno una propria famiglia non dovremo più badare a loro. Dovremo badare a noi stessi, sempre che la salute ce lo permetta. Vedi di far attenzione, perciò, e mangia sempre. Impara dal signor Zhu: cucinati qualcosa di buono e cerca di vivere un po' meglio. In mensa probabilmente non si mangia bene. Immagino che risparmino molto sulla qualità.

Oggi ho un po' di mal di testa, sarà lo stress. Ho misurato la pressione: la minima è 68, la massima 92. Il dottore ha detto che i valori sono troppo bassi e non va bene. Mi ricordo che anche tu hai avuto lo stesso problema, con valori tra 70 e 90. Alla nostra età dovrebbero essere tra 80 e 130. A casa tutti i giorni mangiamo carne. Non preoccuparti, perciò, tu pensa a te stesso e alla tua salute!

Meitang

*

28 aprile

Caro Pingru,

ieri è arrivata la tua lettera quindi so che il viaggio è andato bene [...]

Le Le ha deciso di partire il 2 maggio. Comprerà il biglietto dopodomani, il 30. È inutile perdere tempo. Appena avrà il biglietto, manderemo un telegramma a Guo Bin perché vada a prenderlo in stazione.

La verità è che quando ci ritroviamo è un piacere stare insieme. Il problema è doversi dire addio. Anche se so che ci rivedremo a Capodanno, sarà ugualmente dura.

[…]

Nel pacco troverai anche due mele che ti manda Le Le. Quando hanno letto che non avevi mangiato a cena, i ragazzi si sono sentiti in colpa per non essere andati a comprarti qualcosa e averti così lasciato a digiuno.

[…]

Ho passato tutto ieri sera a cucinare del pesce per Le Le e poi mi sono addormentata tardi. Stasera vado a letto presto, perciò buonanotte.

Con affetto,
Meitang

*

19 maggio

Caro Pingru,

la tua lettera del 12 maggio ci ha messo un po' ad arrivare. In questi giorni ha fatto abbastanza caldo e così ne ho approfittato per lavare i vestiti invernali e stenderli ad asciugare. Ieri c'erano quasi trenta gradi così mi sono fatta prima una doccia e poi via a lavare i panni.

[…]

Le Le mi ha scritto. Il giorno in cui è arrivato, Guo Bin è andato a prenderlo insieme a due suoi amici. Il treno, purtroppo, era un po' di ritardo e invece di arrivare alle sei è arrivato alle otto. Sulla strada dalla stazione ha incominciato a piovere forte e una volta arrivati a destinazione, erano stanchi morti. Il posto si trova in cima a un monte, una salita ripida, e con i bagagli sulle spalle per di più! Hanno camminato in mezzo al fango... una sfacchinata insomma. Mi sento male solo a pensarci. [...] Le Le dice che Guo Bin e i suoi compagni di lavoro sono sempre impegnati. Vanno ogni mattina al lavoro prima che faccia giorno, poi tornano per fare colazione, verso le otto e mezza. Se fa bello e il cielo è chiaro fanno dei turni anche di notte, illuminati dalla luna. Così non hanno neanche tempo per lavarsi i vestiti.

[...] Mao Tou tornerà a fine mese. È sempre così magro.

Noi stiamo bene, non ti preoccupare. Pensa a stare bene tu. Ti scrivo presto. Buona giornata!

Con affetto,
(Il sigillo che ho usato per questa lettera è quello che Yun Hong ha fatto per Guo Bin.)
Meitang

*

2 novembre

Caro Pingru,

è arrivata la tua lettera. Ti racconto un po' come vanno le cose anche se sai già qualcosa dalla lettera di Mao Tou. [...]

Mao Tou è stato in mutua per una settimana per una polmonite. Tutto è iniziato con un dolore al petto, sul lato sinistro. È andato a fare le lastre e gli hanno trovato una macchia sul polmone sinistro. Il medico ha detto che si trattava di polmonite virale. Gli ha prescritto dieci fiale di penicillina e quattordici di streptomicina. Deve fare le iniezioni mattina e sera, così ora, poverino, non riesce neanche più a camminare. Tra una settimana andrà a rifare le lastre e speriamo non si tratti di tubercolosi. Nei giorni scorsi, al mattino ha avuto la febbre, 38 gradi e mezzo. Solo nel primo pomeriggio la temperatura scendeva a 37 e mezzo. Sono giorni di grande preoccupazione. Come farà se sarà ancora malato nel momento in cui gli verrà assegnato un incarico? Mangia poco come sempre, sembra veramente esausto e la cosa mi fa agitare. D'altronde, con le nostre condizioni di vita disagiate, non ho potuto comprargli del cibo nutriente. Già Xi Ceng ha avuto seri problemi di salute, e adesso se ne è ammalato un altro, sono preoccupatissima. In questi giorni Xi Ceng ha diviso la sua porzione di latte giornaliera con Mao Tou. Poi ho comprato un pollo, per fare la zuppa, e della frutta. A Shanghai a ogni famiglia è permesso comprare mezzo chilo di uova al mese, questa è la razione, non di più, così gliele ho prese. Lo scorso mese Xi Ceng ha usato quasi tutto il suo stipendio per comprare un chilo e mezzo di lana per un maglione per Mao Tou. Ha detto che così starà più caldo. Così Yun Hong sta lavorando la lana per il maglione [...]

Farà più freddo nei prossimi giorni, perciò riguardati anche tu. Al lavoro hanno chiesto se qualcuna è disposta a fare qualche turno extra. Io non me la sento, sinceramente, un po' perché non ne ho le forze e poi non voglio lasciare i ragazzi, malati, da soli. Non sarei tranquilla a stare via così a lungo. [...]

Yun Hong ha fatto un timbro per Qin (un'amica di Xi Ceng) e Xi Ceng glielo porterà nel suo giorno di riposo. Ne ha fatto uno anche a Mao Tou, te lo faccio vedere qui sotto la lettera. È un corno di bue, mentre quello per Xiao Qin è un bicchiere di vetro [...]

Devo scappare a una riunione. Ti scrivo presto!

Con affetto,
Meitang

*

10 novembre

Caro Pingru,

mi ero messa a scriverti proprio quando ho ricevuto la tua lettera del 6 novembre. Sono contenta che sei riuscito a comprarti una nuova coperta e dei pantaloni lunghi. Quest'anno quando torni ti porta del cotone per imbottitura così riempiamo il tuo vecchio piumone. Poi ti compro una trapunta più leggera e te la porti via.

[…]

L'altro giorno Mao Tou è andato a fare un'altra lastra, ma non ha evidenziato più nulla. Però ha un eritema su tutto il corpo ed è ancora debole, non so come mai. Due giorni fa ho comprato della carne per i ragazzi. A vederli, sembrano più fragili di me. Sono io che compro da mangiare, prendo la legna per la brace, butto via la spazzatura. O non hanno tempo, o non stanno bene, quindi è meglio se me ne occupo io

[…] Per il resto va tutto bene, non preoccuparti. A presto!

Con affetto,
Meitang

*

3 agosto

Caro Pingru,

ho ricevuto la tua lettera del 30 luglio. In questi ultimi giorni qui a Shanghai ci sono stati molti temporali e ha fatto freddo. Solo da ieri fa un po' più caldo. Ma l'otto comincia l'autunno, quindi il caldo non durerà. Preferisco il freddo però perché c'è meno da fare a lavoro e mi sento anche meno stanca […]

Sul giornale del 13 luglio c'era un articolo intitolato *Novità per il monte Huaguo*:[10] è proprio dove stanno Guo Bin e i suoi compagni, nella prefettura di Yichun. Se riesci a trovarne una copia, puoi leggerlo tu stesso. Al lavoro c'è una ragazza nuova che era nella stessa comune di Guo Bin[...] ci ha detto che nel gruppo nessuno voleva andare sul monte Huaguo perché la vita è dura lassù. Si lavora giorno e notte, quasi senza dormire. E Guo Bin si offre sempre volontario per i lavori più difficili, bisogna rendergliene merito! Lo scorso anno il capo non gli aveva dato il permesso di tornare a casa, mentre quest'anno è possibile che venga a Shanghai per qualche giorno insieme ad alcuni suoi compagni.

[...]

Devo andare al lavoro ora. È mattina presto e mi piace scriverti con la brezza mattutina. Va tutto bene per il resto, non preoccuparti!

Con affetto,
(Xi Ceng ti ha comprato tre libri di letteratura cinese e di tai chi. La prossima volta che qualcuno viene a Shanghai, te li facciamo avere.)
Meitang

*

Caro Pingru,

[...]

Ieri ho impiegato alcune ore per fare delle tortine di luna: devo dire che è molto faticoso. Inoltre ho fatto anche qualche ora di straordinario, così ho lavorato dalle sette di mattina fino alle nove di sera. Sono arrivata a casa dopo le dieci. In più la mattina presto, alle due, ero a fare la fila per comprare della verdura e alle sei le ho cucinate. Poi ho preso il tram 16 fino al ponte nuovo e ho fatto il resto del tragitto a piedi. Ho fatto solo mezz'ora di pausa pranzo, e quindi è stata una giornata durissima. Tornata a casa, dopo un bel bagno, ho lavato i vestiti. Anche questa mattina il mercato era così affollato che alla fine avevo la testa che mi scoppiava. Ho il turno serale oggi, dalle due del pomeriggio alle undici di sera. Ti scrivo e poi vado a fare un riposino, altrimenti non ce la faccio proprio. Devo ancora comprare le uova, stamattina non le ho prese. Mao Tou oggi inizia il turno a mezzogiorno e fa pranzo qui prima di andare, perciò ti devo lasciare ora.

A presto!

Con affetto,
Meitang
P.S. Ti mando anche dei buoni pasto con cui puoi comprarti del cibo.

*

5 ottobre, mattina

Caro Pingru,

ho ricevuto la tua lettera insieme ai dieci yuan. Da quando faccio gli straordinari al lavoro, non ho più tempo libero. Inoltre è venuta mia cugina Zhang da Yunnan ed è rimasta qui cinque giorni. Ho dovuto accompagnarla a fare qualche commissione. Alla fine del mese finisce il mio lavoro alla fabbrica di tortine di luna. È veramente faticoso! Mi sono pesata e ho perso tre chili. Mi sono anche stirata un muscolo spostando i carrelli di qua e di là. Sul momento non me ne sono resa conto, ma due giorni fa ho cominciato ad avvertire dolore al petto sul lato destro e difficoltà a respirare. Oggi sono andata dal dottore e mi ha prescritto una pomata. Così non ho fatto richiesta per andare a lavorare al cantiere, anche perché ho sentito dire che non accettano persone oltre i cinquant'anni. E comunque al momento non sarei in grado. La cosa mi ha molto scoraggiato: non sono più utile a nessuno.

[...] Ho guadagnato 14 yuan facendo gli straordinari. Pensavo di mettermeli via, ma è bastato un giorno di festa e quasi tutti quei soldi sono stati spesi per gli ospiti. Xi Ceng ha commentato: "Ti avevo detto di non farlo!"

Mao Tou dovrà attendere la fine dell'anno per cominciare il lavoro, ma niente è stato ancora deciso [...] Ieri ha portato a casa alcuni suoi compagni di studio. Hanno tutti degli orologi costosi e delle scarpe di pelle. Un loro professore ha detto a Mao Tou che i suoi compagni sembrano già tutti dottori affermati mentre lui sembra ancora uno studente. Io, perciò, gli ho detto che doveva rispondergli: "Ha ragione! Io sono ancora uno studente!" Mao Tou mi ha detto che una risposta del genere sarebbe una grave mancanza di rispetto nei confronti del professore.

Oggi ho preso un giorno libero, perciò ne approfitto per recuperare il sonno perduto.

A presto!

Con affetto,
Meitang

8 ottobre

Caro Pingru,

ho ricevuto la tua lettera del 4 ottobre e oggi anche quella di Guo Bin [...] nella quale mi ha parlato di una fidanzata. Chi è? Ce lo dirà quando torna. Non me l'aspettavo proprio che si facesse una fidanzata là. Nella lettera ci chiede di comprargli un paio di pantaloni di lana e un paio di scarpe di pelle [...]

Questa volta abbiamo trascorso una bella Festa Nazionale. Abbiamo mangiato carne di maiale, vitello, trippa e lingua di maiale. Mia sorella ha portato le tortine di luna. Probabilmente abbiamo mangiato più di te! Ricordati di non prendere freddo la notte. Devi assolutamente comprare la fodera per la trapunta. Nella lettera mi hai scritto che ne hai comprata una da tre metri e mezzo, ma non basta secondo me. Devi comprarne una da almeno cinque metri, non più piccola (ricordatelo bene!), perché la nuova coperta avrà sicuramente un'imbottitura più spessa.

In questi giorni piove a dirotto qui a Shanghai e fa freddo. A parte ciò, stiamo tutti bene. Tu riguardati e stai attento agli sbalzi di temperatura.

Con affetto,
Meitang

*

30 giugno, pomeriggio

Caro Pingru,

[…]

hai detto che vuoi inviare venticinque yuan il prossimo mese? Non credo sia una buona idea perché così facendo non avrai i soldi per te e per comprare da mangiare. Ci arrangeremo, non ti preoccupare. Venti yuan come al solito basteranno. La cosa importante è che tu stia bene e badi a te stesso. Oggi sono andata a prendere della carne per fare a Xi Ceng una zuppa di alghe. Abbiamo mangiato anche del pesce. Ogni giorno c'è sempre un po' di carne a tavola… mi sbaglio o da voi non è così? In questo periodo i pomodori costano poco. Qui a Shanghai costano sei jiao al mezzo chilo. Puoi mangiarli come frutta, fanno molto bene. Ma se vuoi mangiarli crudi, devono essere di buona qualità. Meglio se rossi ma ancora un po' duri.

Anche oggi ha fatto freddo ed è piovuto.

Riguardati! Qui va tutto bene.

Con affetto,
Meitang

4 settembre, mattino

Caro Pingru,

è arrivata la tua lettera. Mi sento meglio rispetto a ieri e ho anche più appetito. Ho un'infiammazione alla gola e per questo non posso mangiare cibi piccanti o troppo saporiti. [...]

Guo Bin non è come Xi Ceng: non è ancora riuscito a smettere di fumare. Ogni mese Le Le gli dà 10 yuan, sebbene lui stesso ne guadagni poco più di 20. Anche Pei Zhi [la fidanzata di Guo Bin] gliene presta qualche volta. Già molte volte gli ho detto di cercare di smettere di fumare, come farà quando guadagnerà meno di adesso? E poi ora che sta diventando adulto, come farà il giorno che si sposerà? Se Le Le decide di riprendere gli studi, avrà bisogno di soldi. Lui dice che continuerà a prestargli soldi quando si sarà laureato. Il problema è che dopo tutti questi anni trascorsi ad accontentarsi in campagna, per Guo Bin sarà difficile cambiare.

[...]

Ho visto un film iugoslavo, molto bello. Xi Ceng ha quasi finito di pagare la televisione. Quando torni per Capodanno potrai vederla anche tu. È un po' piccolina, ma per noi basta e avanza. Per il momento non abbiamo ancora comprato il mobiletto su cui metterla, perché appena possibile scambieremo questa da nove pollici con una da dodici pollici.

Sarebbe l'ideale se riuscissi a risolvere i tuoi problemi lì, e venissi a vivere a Shanghai [...] Ci sono stati parecchi giorni di pioggia e ha fatto un po' freddo. Ieri e oggi invece ha fatto caldissimo. Come va la schiena? Ti fa ancora male? Mi raccomando riguardati!

Con affetto,
Meitang

*

10 settembre, pomeriggio

Caro Pingru,

è arrivata la tua lettera del 5 settembre [...] In questi giorni sono stata molto occupata. Alle otto di sera del 6, mamma è caduta mentre era in camera sua. Era troppo tardi per portarla in ospedale, abbiamo dovuto aspettare il mattino dopo. Ma lei aveva molto male alla gamba e si è lamentata per tutta la notte, così nessuno di noi è riuscito a chiudere occhio. La mattina dopo, Mao Tou è andato a prendere in prestito una barella dall'ospedale e poi una bici con carretto dalla fabbrica dove lavora Xi Ceng. E così l'abbiamo caricata sulla barella e poi sul carretto perché non riusciva a muoversi. In ospedale le hanno fatto subito una lastra che ha rivelato una frattura al femore. Dovrà stare a riposo per tre mesi. Fortunatamente adesso c'è Mao Tou che bada a lei perché noi dobbiamo andare al lavoro. Torno a casa due volte al giorno per accompagnarla in bagno perché Mao Tou da solo non ce la fa. La sera lui dorme con lei e parlano perché lei non riesce a dormire. In poco tempo Mao Tou è dimagrito parecchio. Ogni giorno deve cucinare per la nonna e starle vicino e non riesce nemmeno a riposare decentemente di notte. Anche io non mi sento tanto bene, la sera dormo nell'ingresso e non riesco a chiudere occhio per via dei suoi lamenti. Mi domando come faremo quando saremo vecchi. Non lo so proprio. [...]

Ti ricordi le noci che hai portato? Voglio darne un po' a mamma. Ho sentito dire che fanno bene anche per la schiena, perciò puoi comprartene un po' se ti fa ancora male. Dicono di romperle e tritarle. Poi devi metterci un po' di vino di riso e di zucchero e prenderne un cucchiaino ogni giorno. Fa bene alla circolazione.

Riguardati!

Con affetto,
Meitang

10 ottobre

Caro Pingru,

ho ricevuto la lettera e i soldi. Per la Festa Nazionale ho comprato del maiale e un'anatra, ma non era buona perché c'era poca carne. Sono rimasta a casa per tre giorni, senza lavorare o fare niente di particolare, solo a riposarmi, e sono volati.

[...]

Mamma sta un po' meglio e mi sento così sollevata, anche se non riesce ancora ad alzarsi completamente dal letto. Deve stare ancora a riposo per qualche settimana.

La vecchia signora L, che viveva nel nostro stabile, è deceduta qualche giorno fa per un infarto. Probabilmente a causa di una lite in famiglia. [...] Io e i vicini abbiamo portato una ghirlanda di fiori. Il funerale si è svolto a Longhua, ma io sono rimasta a casa. Mao Tou invece è andato per dare una mano; era sempre lui ad accompagnarla dal dottore (nessuno della famiglia si preoccupava di lei). Povera donna!

[...] A presto!

Con affetto,
Meitang

*

10 novembre, mattina

Caro Pingru,

è arrivata la tua lettera. Ieri è anche arrivata quella di Le Le in cui dice che vuole entrare all'Accademia di Belle Arti. Non sarà facile perché deve passare gli esami di lingua cinese, scienze politiche e matematica e non ha mai avuto una buona istruzione purtroppo. Certo, provare non gli costa nulla!

[...]

Oggi, mentre ti scrivo, è arrivata la tua lettera del 7 novembre. È stato molto carino da parte tua inviare a Le Le del materiale per dipingere. Io gli ho spedito della carta da disegno e un pennello.

So che non ti fa più tanto male la schiena, ma devi stare sempre attento. Con il freddo di questi giorni il giubbotto non basta. Non appena ricevi lo stipendio, questo mese, devi assolutamente comprarti qualcosa di più pesante. Yun Hong ti ha fatto un maglione di lana molto bello, te lo mando presto per posta.

Nella lettera hai detto che stai pensando di insegnare inglese. Bisogna valutare bene la situazione. Se riuscissi a tornare a Shanghai, sarebbe meglio, altrimenti continueremo a scriverci lettere.

Perché non guardi qualche film, quando hai tempo? Io non riesco ad andare spesso al cinema. Però ho visto il film su Lin Zexu in TV.

Qui va tutto bene! Copriti bene, ché fa freddo, mi raccomando.

Con affetto.
(Dimenticavo… Le Le deve dare anche un esame di letteratura, perciò se hai qualche libro da consigliargli, sarebbe fantastico.)
Meitang

*

25 dicembre, Natale

Caro Pingru,

è arrivata la ricevuta di ritorno e poco dopo le tue due lettere.

Il tempo passa veloce. Manca solo un mese al tuo arrivo […]

Quando sarai qui per Capodanno, Xi Ceng avrà sistemato il televisore. In quel periodo ci saranno tanti bei film e i ragazzi non vedono l'ora proprio per questo! Tipo *Dolore e pietà in una città antica*, *Soddisfazioni e piaceri*, *Sentinelle di guerra* o *Quindici monete* e tanti altri. I biglietti per il cinema sono cari e molto difficili da trovare. Con la televisione, invece, possiamo guardarli tutti insieme a casa, compresa mamma. Il fatto è che, arrivati alla sera, siamo così stanchi che l'unica cosa che vogliamo fare è metterci davanti al televisore [...]

Qui a Shanghai fa freddo. Domani ci saranno 3 gradi sotto zero. Riguardati, mi raccomando!

Meitang

*

1° gennaio 1978, Capodanno occidentale

Caro Pingru,

è arrivata la tua lettera del 25 dicembre e lo stesso giorno te ne abbiamo inviata una. Credo tu l'abbia ricevuta.

Oggi è il Capodanno occidentale. Stamattina sono andata al lavoro e questo pomeriggio mi riposo. Gli scaffali dei negozi sono quasi tutti vuoti ed è un po' difficile trovare cibo, perciò ho comprato solo del maiale per fare i ravioli di carne. Oggi è anche il compleanno di Yun Hong e non abbiamo potuto comprarle nulla. Le piacciono le uova, perciò domani gliene comprerò qualcuna. Al lavoro c'è stato tanto da fare in questi ultimi giorni e per questo ho sempre fatto gli straordinari. [...]

Xi Ceng ha finito di sistemare la televisione, e la guardiamo tutte le sere. Ieri siamo rimasti in piedi fino alle undici a guardarla. Per Capodanno trasmettono fino all'una di notte. C'erano molti attori famosi tra cui Wang Danfeng, Huang Zongying, Bai Yang e Qin Yi. Sono venuti quasi tutti i nostri vicini. Raramente vanno al cinema, preferiscono venire da noi.

Ora devo andare a preparare i ravioli. I ragazzi sono incollati alla televisione e non si muovono [...]

Con affetto,
Meitang

26 marzo

Caro Pingru,

è arrivata la lettera. [...]

Noi stiamo bene. Ieri abbiamo visto il film *La messaggera*, carino. Qualche giorno fa siamo andati a vedere una commedia con Yao Mushuang e Zhou Bochun. Ogni sera il cinema fa il pienone e i biglietti vanno a ruba. L'altro ieri alla televisione davano *Il giardino delle primavere* e *Soddisfazioni e piaceri*. I film sono così così, ma gli attori sono bravi e avevamo la casa piena come al solito.

[...]

Tutti noi speriamo che tu possa tornare a lavorare qui a Shanghai. Sarebbe la cosa migliore per tutti. Bisogna solo attendere le nuove decisioni del governo e vedere cosa fare.

Xi Ceng e Mao Tou si svegliano ogni mattina alle cinque e mezzo e vanno a correre partendo dal Bund fino al ponte Waibaidu, avanti e indietro per due volte.

Qualche giorno fa il signor Ermao ha presentato a Xi Ceng una ragazza, ma lui ha detto che non gli piace affatto. [...] Adesso dobbiamo solo aspettare l'opportunità giusta per te di ritornare a lavorare qui. In questo modo sarà più semplice parlare con i ragazzi di argomenti come questo. Ma bisogna avere pazienza. Devo ancora rispondere alle lettere di Le Le e di Guo Bin che mi hanno detto di aver ricevuto le arachidi.

Ci sentiamo presto!

Con affetto,
Meitang

*

23 luglio, mattina

Caro Pingru,

ho ricevuto i buoni pasto e la tua lettera. L'altro ieri sono stata convocata nell'ufficio della ditta che gestisce il condominio e mi hanno detto che dovevo pagare 345 yuan. La somma totale era di 1245 yuan, meno 800, così ne mancano poco più di 300, pagabili in rate da 10 yuan al mese. Io ho risposto che non possiamo pagare, e loro mi hanno detto che in tal caso ci sistemeranno in un appartamento più piccolo. Mi sono rifiutata e ovviamente sono diventati molto sgradevoli, e mi hanno anche minacciata. Io li ho lasciati parlare, ignorandoli completamente.

[...]

Quest'anno qui a Shanghai fa molto caldo, anche se ultimamente si sta un po' meglio. Mamma è diventata vecchia e debole e non riesce più a stare in piedi. Qualche mattina fa è svenuta e per fortuna io e Xi Ceng non eravamo ancora andati al lavoro. Abbiamo subito chiamato Mao Tou per farlo tornare a casa (lui esce alle sei di mattina). Quando è arrivato, lei si sentiva già meglio. Le ha dato dell'acqua con lo zucchero perché ha detto che probabilmente il malore era dovuto alla mancanza di zuccheri e infatti si è ripresa subito. Ieri però è caduta di nuovo, fortunatamente senza farsi male. È un grosso problema soprattutto perché non sappiamo come fare quando a casa non c'è nessuno. Le dico sempre di non muoversi troppo ma non mi dà retta. In questi ultimi giorni è rimasta più tranquilla, seduta senza alzarsi, probabilmente per i lividi. Ultimamente ho problemi al cuore proprio per tutte queste preoccupazioni, all'improvviso ho tachicardia e poi dopo un po' si calma. Dovrei cercare di riposare il più possibile. Ma Mao Tou è spesso fuori casa, e ci sono sempre troppe cose da fare. Il sabato e la domenica sera Yun Hong va al cinema con le sue amiche e io non sono brava a dirle di no. Mao Tou lavora fino a tarda sera due volte a settimana. Xi Ceng mi aiuta a passare lo straccio e cucina quando non lavora. Visto che c'è sempre il sole in questi giorni, ne approfitto per lavare i panni, così sono sempre indaffarata. È ora che vada. Stammi bene!

Con affetto,
Meitang

*

25 settembre

Caro Pingru,

è arrivata la tua lettera del 18 settembre e grazie per tutte le notizie. [...]

Sono un po' giù ultimamente. Ho sentito dire al lavoro che vogliono mandare in pensione tutti i lavoratori con più di cinquantadue anni e la cosa non mi fa stare del tutto tranquilla. Probabilmente fin dal prossimo mese. Gli arretrati dell'affitto dovranno essere pagati a partire da fine settembre. Quando sarò in pensione riceverò dieci yuan in meno al mese. Il totale tra arretrati dell'affitto e affitto in corso sarà di sedici yuan al mese; così non rimarrà niente per le spese di casa. È terribile! Dacci non appena sai notizie riguardanti la tua situazione e se potrai tornare a lavorare a Shanghai.

[...]

Per i matrimoni dei ragazzi ci sarà bisogno di soldi. Non m'importa niente di quello che dicono i giornali, dove pensano che possiamo trovare il denaro? Proprio adesso che i ragazzi hanno bisogno di mangiare di più e di altre cose rispetto a prima. I giovani badano solo alle apparenze e con il nostro reddito nessuno si avvicinerà a noi. Io andrò presto in pensione, i ragazzi stanno diventando grandi e sono preoccupata per loro.

Tuttavia credo di essere un po' ingrassata. Fa ancora caldo qui a Shanghai, il che non è normale considerato che l'anno scorso in questo periodo faceva più freschetto. Per la Festa di Metà Autunno non avevamo comprato niente da mangiare, ma Mao Tou ha portato a casa dall'ospedale i fegatini di maiale, Le Le ha comprato delle salsicce e delle pere mentre Xi Ceng, finito di lavorare, è andato a prendere delle tortine di luna. La mamma di Pei Zhi ce ne ha date altre otto, ma sono diverse perché sono in stile cantonese e non proprio eccezionali [...] Ecco come abbiamo passato la Festa di Metà Autunno. Nonostante tutto, abbiamo cercato di addobbare un po' la casa a festa e Le Le ha comprato anche del vino. Presto sarà la Festa Nazionale e finalmente avremo tre giorni di riposo. Oggi ho sentito dire che, a causa della crisi, non faranno né i fuochi d'artificio né la marcia, ma il prossimo anno sperano di rimediare e fare le cose in grande per il trentesimo anniversario.

Ieri sera alla televisione davano *Una spia nell'Est*, niente male devo dire, ma non ce la facevo a tenere gli occhi aperti e mi sono appisolata non appena è finito. Questa sera, invece, danno *Il sogno della camera rossa* e piace così tanto ai ragazzi che non si stancano mai di guardarlo. Ho sentito dire che ci sono tanti altri bei film stranieri adesso, come ad esempio *La moneta falsa*, *La fedeltà*, *Il gobbo di Notre Dame* e non sono per niente male. Prossimamente daranno anche qualche nuovo film cinese, ad esempio *Ashima* e un altro che si chiama *I cinque fiori d'oro*.

[...]

Il protagonista del film che ho visto ieri, *Una spia nell'Est*, si chiama Da Shichang e non è per niente male. Non mi sorprende che tante ragazzine gli scrivano. Ha anche interpretato il dottor Fang in *Desideri di Primavera* e Lin Yusheng in *Giovani ribelli*, l'hai visto?

Oggi è domenica e perciò ci si riposa. Anche Le Le è a casa e visto che mi aiuta con le faccende ne approfitto per risponderti.

Fa freddo lì da te? Immagino che il lavoro ti tenga impegnatissimo [...]

Ora ti lascio – vado a fare il bucato. A presto!

Con affetto,
Meitang

*

16 ottobre

Caro Pingru,

Ieri ho ricevuto la tua lettera dell'8 ottobre con dentro anche i cinque yuan, grazie.

Qualche giorno fa abbiamo parlato della tua proposta di scrivere al ministero dell'istruzione ma pensiamo che questo non porterà a nulla [...] È vero che mancano insegnanti di lingua straniera, ma è anche vero che ne hanno maggiormente bisogno fuori Shanghai. È alquanto improbabile che ti concedano di rientrare a Shanghai per fare l'insegnante. Ci sarebbe una piccola speranza se chiedessi di essere trasferito a Shanghai e riprendere il tuo vecchio lavoro. Non so cosa potresti scrivere nella lettera per la CPPCC [Conferenza politica consultiva del popolo cinese], perciò dovresti buttare giù due righe tu, dicendo che hai già scritto al ministero dell'istruzione.

[...]

Le Le si sta preparando per tornare a Yichun all'inizio del mese prossimo, ma spera di poter essere di nuovo trasferito a Shanghai per motivi di salute. Peccato che non abbiamo i soldi, altrimenti avrebbe potuto portare a casa i mobili che aveva là, come permettono a tutti coloro che si congedano per motivi di salute.

Al lavoro le cose vanno come sempre. Mao Tou, non appena torna a casa, si mette sui libri e studia oppure ascolta la radio in lingua inglese. Non guarda la televisione ed è più magro del solito. Non so come mai ma anche Yun Hong è dimagrita e ha un colorito giallognolo. Oltretutto mangia solo mezza porzione di riso ed è sempre giù di morale. Le ho detto di andare a fare dei controlli. Io, invece, mi vedo sempre più grassa e nonostante ciò sono sempre sfinita e quando arrivano le sette di sera crollo. A volte mi appisolo davanti alla TV. Qualche giorno fa guardavo *La banconota da un milione di sterline*, una commedia basata su un romanzo di Mark Twain. Lo hai visto? Molto bello. Ultimamente danno molti film vecchi come *La leggenda del serpente bianco*, *Principi e principesse*, *Il matrimonio degli dei* e tanti altri. Piacciono a tutti. C'è anche un film niente male sui servizi segreti che si chiama *Il triangolo nero*.

Tu, invece, sei occupato? Continui ancora a dare ripetizioni dopo il lavoro? Dovresti cercare di riposare di più […]

Qui va tutto bene, non preoccuparti! Ci sentiamo presto.

Con affetto,
Meitang

*

31 ottobre

Caro Pingru,

Ho ricevuto la tua lettera da una settimana ma non sono ancora riuscita a risponderti. Immagino fossi ansioso di avere nostre notizie. So che sei molto impegnato e che il lavoro è stressante […]

Hai detto che quest'anno non torni per Capodanno. Io credo che andrò in pensione subito dopo le feste, quindi se vieni in quel periodo potremmo passare del tempo a casa insieme.

Le Le non avrà una risposta alla sua richiesta di trasferimento prima del nuovo anno. […] La scorsa volta abbiamo parlato della lettera che devi inviare. Non so bene quale sia il modo migliore per presentare la tua richiesta ma credo che dovresti sottolineare tutte le difficoltà che hai dovuto affrontare.

Mao Tou questa sera ha il turno di notte e non tornerà a casa. Non ha nemmeno un giaccone imbottito. Se continua a fare così freddo, anche quello non gli servirà granché. In periferia fa molto freddo, sia la mattina presto che la sera e non va proprio bene che se ne vada in giro senza vestiti pesanti.

Ogni giorno ora guardiamo la televisione sul satellite e abbiamo visto il presidente Deng Xiaoping in visita in Giappone […] devo dire che trasmettono anche molti film giapponesi, uno dei miei preferiti è *Caccia all'uomo*. Danno anche un paio di film messicani, ma non sono affatto belli, perciò non te li consiglio. A Shanghai oggi proiettano *Famiglia* e presto lo passeranno anche in televisione. Se è difficile procurarsi i biglietti di qualche film al cinema, preferiamo aspettare che lo trasmettano in TV e guardarcelo con comodo a casa […]

Per quel che riguarda Xi Ceng è un po' esigente in fatto di ragazze: non ne vuole sapere di quelle che lavorano in fabbrica, ad esempio, o di quelle che non hanno un lavoro "per bene" come le cameriere o le parrucchiere. È uno strano ragazzo. Ma io non ho soldi perciò non posso dire nulla.

E tu che mi dici? Stai bene? Oggi abbiamo avuto problemi con l'elettricità al lavoro, perciò sono a casa e ne approfitto per scriverti.

Stammi bene!

Con affetto,
Meitang

17 novembre, mattina

Caro Pingru,

Ho ricevuto la tua lettera del 5 novembre.

Le Le ha comprato il suo biglietto e parte domani alle cinque del pomeriggio. Sia Mao Tou che Xi Ceng sono a casa perciò potranno accompagnarlo in stazione. Guo Bin mi ha scritto chiedendomi di comprargli tre chili di zucchero da fargli avere tramite Le Le. Vorrà dire che non verserò i dieci yuan dell'affitto arretrato questo mese.

Il 7 ottobre ho letto un articolo sul "Jiefang Daily" riguardo a professionisti che tornavano al vecchio lavoro dopo aver lavorato nei centri di rieducazione. Diceva che "i prigionieri che sono stati rilasciati e coloro che stanno quasi per finire la loro rieducazione possono usufruire di questa opportunità". Procurati una copia e dai un'occhiata, se riesci.

Anche il 14 ottobre, sul "Wenhui Daily" ho letto un articolo che diceva che "la democrazia deve essere rafforzata e deve essere costituito uno stato di diritto". Non era scritto per niente male. Poi ieri ce n'era uno che diceva che "dobbiamo ricercare la verità dei fatti, gli errori devono essere corretti". Sul numero di oggi, invece, c'era un articolo sulla riabilitazione dei partiti di destra. Se lo trovi, leggilo. Ogni giorno ci sono articoli di questo genere sul giornale.

Per quanto riguarda la lettera che dobbiamo inviare alla CPPCC, non credo che risolverà molto la situazione. I ragazzi dicono che sarebbe meglio scrivere al procuratore o alla redazione del giornale e spiegare la tua situazione. Ci sono cose che devono essere dette ora e credo che sia il momento di "ricercare la verità dei fatti".

Mao Tou è un po' stressato in questo periodo perché ci sono gli esami di ammissione all'ospedale come personale medico. Essendo solo un infermiere non può iscriversi agli esami per diventare medico. È andato a chiedere informazioni ma gli hanno detto che quando ha fatto richiesta di ammissione, aveva indicato che voleva lavorare come infermiere e perciò può sostenere solo quegli esami. Quando il suo responsabile ha saputo quale fosse il problema, lo ha incoraggiato subito a fare l'esame per entrare all'università. Tutti i nostri ragazzi hanno avuto problemi a causa della nostra appartenenza ad una bassa classe sociale.

Nella lettera trovi anche un paio di buoni pasto (se non li utilizzi, però, rimandameli per favore).

Con affetto,
Meitang

Vecchi amici miei,
uniti da sogni infiniti
e decisioni affrettate.
Una storia mai raccontata di due persone
legate da un destino comune.

Solo bellissimi ricordi ho:
la fioritura delle rose del Giappone;
i nostri passi sulla spiaggia.
Bellissimi anni passati insieme.

Poesia scritta da Pingru all'età di 88 anni

老伴图
老伴老伴
尋不盡的舊夢，
翻不完的舊巢，
講不了的故事，
割不斷的情緣。
仿米蘇表兄筆意
美好回憶
棠棣開花
平生鴻爪
如此年華
己丑端午前一日
平如寫時年八十八

Note

[1] L'espressione *il mare si trasforma in campi di more e i fondali in sabbia* (海变桑田, 海底复扬尘) significa che le cose cambiano e mutano in continuazione. In questo caso, essendo la ragazza immortale, si vuole intendere che ha vissuto così tanto a lungo da assistere a strani eventi della natura.

[2] Li Bai (701-762) è un poeta classico dell'epoca Tang e si narra che questa poesia fu scritta durante un banchetto di famiglia.

[3] Poesia di Saigo Takamori (1828-1877), secondo la traduzione fatta da Mao Zedong.

[4] "Tutto è casuale. Anche quello che mangi e bevi." Proverbio buddista che insiste sulla casualità di tutti gli avvenimenti, anche quelli più insignificanti. Tutto è casuale e non importa quanto uno si sforzi per cambiarlo, capita quello che deve capitare.

[5] In seguito venni a conoscenza del destino della 19ª brigata. Zhou Zhenzhong del 56º reggimento fu ucciso da un colpo di mitragliatrice mentre presidiava la porta sud della città. Un mio compagno, Guo Xianzong, che veniva dalla mia stessa regione ed era il comandante del 7º battaglione, venne fatto a pezzi da una granata. Un militare che era stato il nostro addetto all'approvvigionamento nella città di Zhouzhen, con cui tra l'altro avevo giocato spesso a pallacanestro, fu fatto prigioniero. Zhao Yao riuscì a sfuggire alle truppe nemiche e a rifugiarsi a Taiwan, dove sbarcavano il lunario gestendo un piccolo ristorante fino a quando, pochi anni dopo, l'economia di Taiwan si riprese. Shi Zhiguang aveva fatto l'esame di ammissione all'accademia

militare e non partì per Jinan. Andò in America e lì si diplomò prima di fare ritorno a Taiwan. (*N.d.A.*)

6 Materiale derivato dai gusci delle ostriche, usato all'epoca dalle famiglie ricche per le finestre al posto del vetro.

7 Poesia di Li Bai, *Riflessioni notturne*.

8 Questo verso, opera di Xu Hun (788-860), è spesso citato per descrivere il clima di tensione che precede lo scoppio di un conflitto.

9 Poesia dell'epoca Tang che descrive l'amore tra l'imperatore e la sua concubina.

10 Si fa riferimento al romanzo classico cinese *Il viaggio in Occidente*, nel quale il protagonista Sun Wukong, il re delle scimmie, vive su questo monte.

NINGXIA
Yan'an
SHANXI
Huang he
SHANDONG
Zhengzhou
Linyi
GANSU
Xi'an
HENAN
Xuzhou
Yancheng
SHAANXI
JIANGSU
Taizhou
Taixing
SICHUAN
HUBEI
Lu'an
Zhenjiang
NanKin
Chengdu
Yangtze
Wuhan
(HanKou)
ANHUI
Shanghai
CHONGQING
Jiujiang
ZHEJIANG
Changde
Nanchang
Shangrao
Yiyang
Changsha
Yingtan
Zhijiang
Zhangshu
Yichun
Linchuan
GUIZHOU
Shaoyang
Zhuzhou
Nancheng
Guiyang
Hengyang
JIANGXI
Anshun
HUNAN
Ganzhou
FUJIAN
Yishan
Liuzhou
GUANGDONG
Xi
GUANGXI
TAIWAN
Hong Kong
VIETNAM

SULL'AUTORE

Rao Pingru ha oggi novantasei anni e vive a Shanghai, in Cina.

SNOW FLYING

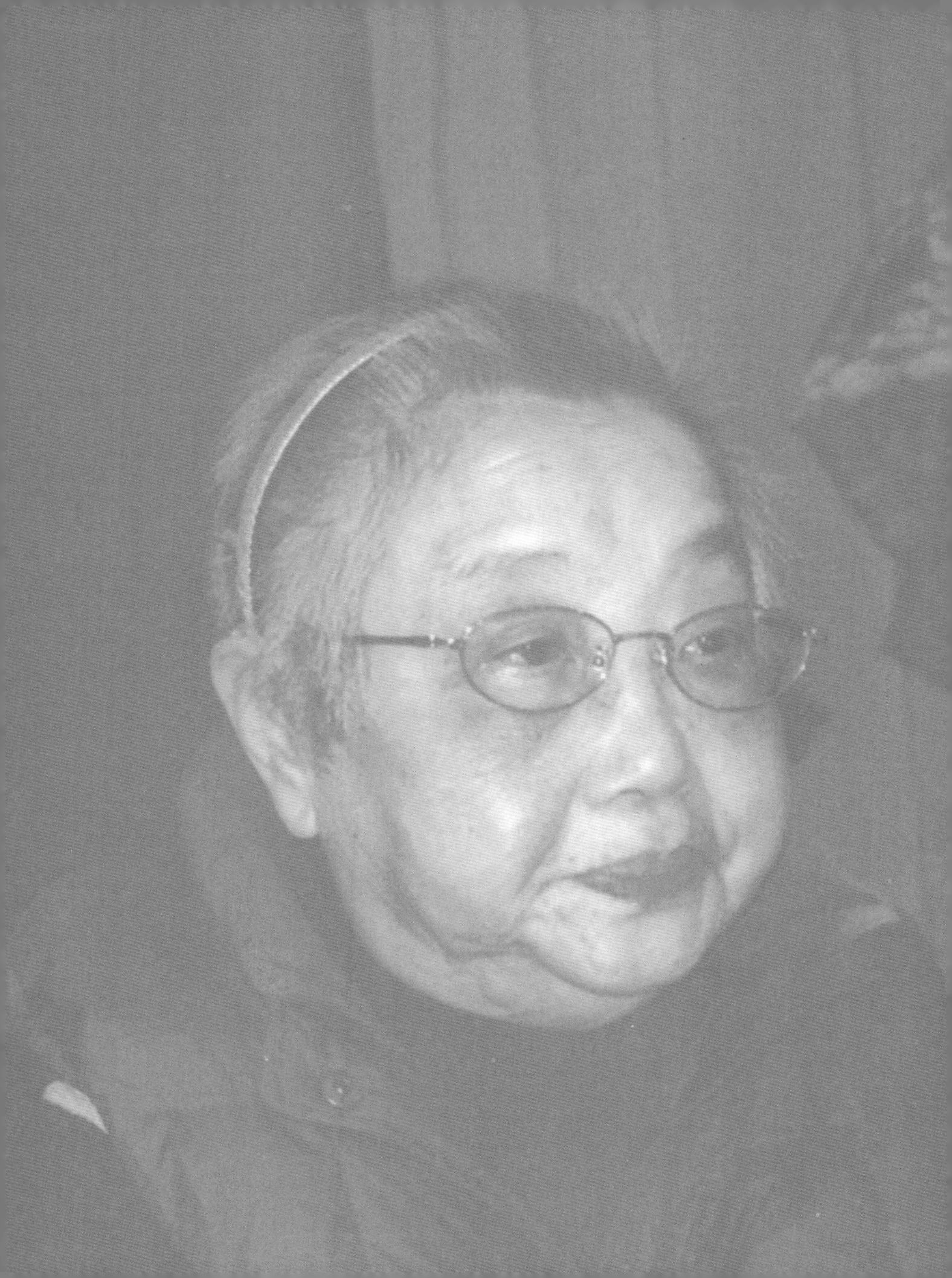

Finito di stampare
nel mese di novembre 2018
presso
Errestampa S.r.l.
Via Portico, 27 – Orio al Serio (BG)

Printed in Italy